KB119888

그럼에도 불구하고

공지영의 섬진 산책

그럼에도 불구하고

*
공지영의
섬진 산책

위즈덤하우스

기러기

메리 올리버

네가 좋은 사람일 필요는 없어
참회하면서 백 마일의 사막을 무릎으로 길 필요도 없지
단지 넌 네 몸속의 부드러운 동물이
사랑하는 것을 사랑하게 내버려두면 돼
나에게 절망을 말해봐, 네 절망 말이야,
그럼 나도 내 절망을 말해줄게
그러는 동안 세상은 세상대로 굴러가겠지
그러는 동안 햇살 그리고 굵은 빗방울
초원과 수풀, 산과 강이 있는 풍경을 가로질러 가겠지
그러는 동안 높푸른 창공의 기러기
집으로 돌아오려고 다시 방향을 잡을 거야
네가 누구든 얼마나 외롭든
너의 상상력에 모든 걸 제공해주는 세상은
거칠고 신나는 기러기처럼
거듭거듭 네게 말해줄 거야
이 세상 만물은 모두 가족이고 거기 네 자리가 있다고

(번역 공지영)

나는 스스로 죽어도 될 이유를
30가지도 더 가지고 있는 사람이었다

어느 날, 나는 내 인생이 완전히 망쳐졌다는 사실을 발견했
다. 돌이킬 수 있는 것은 아무것도 없었고 감당할 것은 태산
과 같았다. 열심히 애쓰며 애지중지 내 도화지에 그림을 그
리고 있는데 누군가 다가와 도화지에 검은 먹물을 확 끼얹어
버린 것 같았다. 그 상대방은 말했다.

"어머나 미안해, 고의가 아니었어."

사람들도 말했다.

"일부러 그런 것도 아니잖아. 그러게 왜 거기서 그림을 그
리고 그래?"

내게 먹물을 끼얹은 '그'는 세상이었고 세월이었고 운명이었고 어쩌면 나 자신이었다.

죽을 용기도 없었다. 몇 번 잘 드는 칼을 손목에 대보았는데 엷은 상처만 나도 너무 아팠다. 죽을만큼 고통스러운데 이토록 작은 상처는 또 다른 차원의 아픔이었다. 스스로 생각해도 어이가 없었다. 담배를 하루에 세 갑 이상 피워댔고 술 없이는 잠들지 못했다. 쓸데없이 들은 것은 많아서 혹여라도 내가 스스로 내 생을 마감할 경우 부모님의 슬픔과 아이들이 평생 지고 가야 할 죄책감 혹은 분노가 떠올라 그럴 수는 없었다. 나는 남에게 피해 입히는 것이 몹시도 싫은 사람이어서 그건 싫었던 것이다. 그러나 살아갈 자신이 없었고 여기서 그만 생을 포기하는 것이 아무리 생각해도 옳게 보였다. 생각은 꼬리를 물고 이어졌고 하다못해 생명보험이라도 받아서 아이들이 남은 생을 사는 데 조금이라도 도움이 되려면 내가 스스로 죽는 것은 어리석어 보였다.

그때부터 세상 모든 것은 내게 나를 살해할 수 있는 도구로 보였다. 그 생각은 운전할 때 내 차의 엔진이 고장나 이 차가 저 강물로 돌진했으면 하고 바라는 것부터 시작했다. 커브

길에서 마주 오는 저 트럭이 나를 덮쳤으면 좋겠다, 이 비행기가 떨어졌으면 좋겠다, 라는 생각은 그냥 기본적인 것들이었다.

미친 척하고 엑셀러레이터를 밟아 내가 운전하는 차를 저 절벽 아래로 날려버릴까, 머릿속을 점령해 오는 생각 때문에 스스로 식은땀이 솟아났던 날들이 있었다. 참 애쓰며 열심히 살았는데 돌아오는 것이 고작 손가락질과 물질적, 정신적 파산뿐인 걸까. 툭하면 울었고 세상 모든 사람들이 터무니없이 존경스럽거나 터무니없이 미웠다.

외출할 때 1.8리터짜리 생수 두 병을 언제나 지니고 다녔다. 침이 나오지 않아 늘 물을 마시고 있지 않으면 안 되었다. 몸은 퉁퉁 부어올라 체중이 난데없이 10킬로나 불어났다. 옷이 맞지 않는 것은 그렇다 쳐도 신발까지 들어가지 않아 커다란 슬리퍼를 사서 신고 다녔다. 병원에 가서 피검사를 했다. 수치상으로 아직 아무 이상이 없었다. 한의원에 가니 심장에 화기가 가득해 이미 신장이 많이 다친 것 같다고 했다.

어느 병원에서도 딱히 나를 치료해내지 못했다. 그렇게 의사들을 찾아 병원들을 돌다가 스위스 대체 요법으로 진료하시는 분을 소개받았는데 그분이 내 팔에서 직접 피를 뽑으셨다. 무심히 그분이 뽑는 피를 보고 있었는데 내 왼쪽 정맥에서 검은 피가 쏟아져 나왔다. 그때 피를 뽑다 말고 그분이 움찔하셨다. 의사가 놀라는 것도 놀라웠지만 그 피의 색을 보고 나도 놀랐다.

검은 피…… 가끔 체했을 때 엄지손가락을 따면 나오던 그렇게 검은 피.

검은 피는 경고였다. 설사 현재 신장 수치가 정상 범위에 있다고 해도 곧 신장이 망가질 것이라는 경고를 들었다.

"어떻게 하면 되나요?"

내가 묻자 의사가 대답했다.

"마음을 편히 가지세요."

나는 웃었다.

"아 그렇군요. 그런데 어떻게 하면 마음이 편해질 수 있나요? 그런 약이 있나요? 선생님."

내가 비꼬며 말하자, 의사가 나를 물끄러미 바라보았다.

"본인 생각에 고통은 내부의 것인가요? 외부의 것인가요?"

나는 비명을 지르듯이 대답했다.

"저는 잘못이 없어요. 모든 것이 외부로부터 왔어요."

당연하지. 난 착하고 올바른데 세상이 악하고 내게 못되게 굴었던 것이었으니까. 그때까지 나는 그랬다.

그러자 의사가 잠시 생각하다가 대답했다.

"그러면 돌파하세요. 그러지 않으면… 정말 큰일납니다."

내가 다시 물었다.

"돌파를…… 하라구요?"

의사가 대답했다.

"네, 돌파. 밀고 넘어가 버리세요."

"돌파하세요, 돌파하세요."

몇 달 동안 그 단어가 내 귀를 떠나지 않았다. 이상하게 그 단어가 위안이 되었다. 어떻게 돌파하는지는 알려주지 않았고 나도 여전히 오리무중인 상태였지만 말이다. 칠흑 같은 밤에 희미하게 보이는 먼 등불 같았다. 지금도 나는 그분께 감사드린다. 신경안정제 한 알 처방해주시지 않았지만 참의사셨던 것 같다.

그 무렵, 어떤 분이 내게 말씀하셨다.

"한번 이렇게 해볼래요?"

밤새 울어서 비둘기처럼 부은 눈으로 내가 그를 바라보았다. 그가 대답했다.

"그래서, 라고 하지 말고…… 생각해요. 그럼에도 불구하고! 라고."

"그럼에도 불구하고? 라고요?"

"네, 그럼에도 불구하고!"

오늘도 나는 잠에서 깨어난다. 창밖으로 푸른 새벽이 당도하고 있다. 침대에서 벌떡 일어나 커튼을 열면 푸른 새벽 속으로 섬진강이 흐르고 밤새 쌍계사 계곡을 내려온 구름이 긴 띠 모양으로 섬진강 위를 통과한다. 동쪽으로 향해 있는 백운산 이마가 분홍으로 물들면 긴 띠 모양의 아침 안개는 더욱 짙어간다. 하늘은 푸르고 백운의 흰 이마는 분홍빛으로 수줍고 흰 밍크 목도리처럼 희고 폭신한 구름 띠를 두른 앞산은 초록빛이다. 초록의 향연. 세상 모든 초록이 한 산에 모여 날마다 다채롭게 변화하고 있다.

새 아침은 마치 아무도 걸어가지 않은 흰 눈 쌓인 벌판처럼, 혹은 흰 백사장처럼 순결하고 깨끗한 모습으로 내게 다시 주어진다. 나는 그것이 내게 주어지기 위해 아무것도 애

쓴 것이 없으니 이것은 온전한 선물이다. 현재, present, 선물
이라고 번역되는 그 단어, 오늘.

친구들이나 후배와의 대화, 혹은 인터뷰 중에 주어지는 질
문에 나는 대답한다.

"아침이면 깨어나 제일 먼저 하는 생각은 '행복하다'입니
다. '감사하다'이기도 하고요. 저는 하루를 보내고 나면 그 보
낸 하루만큼 더 행복한 사람이 되어 있습니다. 아마도 전 행복
의 절정에서 죽게 되겠지요. 이렇게 매일매일 행복해지니까."

사람들은 내 말에 감탄하기보다 어이없다는 표정을 더 많
이 짓는다.

나는 젊은 시절 세 번의 이혼으로 보수적인 한국 사회에서
온갖 구설에 시달리는 예순을 앞둔 늙은 "여성" 작가였다(남
성 작가들은 결혼 횟수로 결코 나의 반열에 오르지 못한다. 나는 거
의 세 번의 성폭행 전과자 혹은 세 번의 성추행 전과자 남자와 같은
반열이다). 현재 다섯 건의 고소 고발을 당해 경찰서를 오가고
있었고, 인터넷을 열면 입에 담지 못할 악플에 시달리고 있
는 처지였다. 인터넷을 열면 일부러 표정을 찌그러뜨리고 찍

은 것 같은, 내가 보기에도 낯선 내 사진이 내 이름 밑에 도배가 되어 있었다. 대출은 많았고 이자만도 상당했다. 마이너스 통장은 날마다 그 한도를 향해 떨어져 내리고 있었고 아이들은 승승장구하지 못했다. 책은 예전보다 팔리지 않았고 계약금을 받아놓은 글의 진도는 나가지 않아서 날마다 편집자들의 전화가 올까 봐 눈치를 보고 있는 중이라는 것을 그들은 알기 때문이었다. 내가 사체로 발견된다면 그리 이상하지도 않을 것이었다. 나는 스스로 죽어도 될 이유를 30가지도 더 가지고 있는 사람이었다.

그래도 나는 웃으며 대답했다.

"믿을 수 없을지 모르지만 사실이에요. 정말이지 행복하고 만족한 하루를 보내고 있어요. 당신들이 지금 무엇을 떠올리는지 대충 짐작은 하지만 그건 큰 문제가 되지 않아요. 그럼에도 불구하고 나는 행복하니까요."

그러자 오래 불행했던, 아니 어쩌면 스스로는 평생을 두고 한 번도 행복하지 않았던 후배가 물었다.

"어떻게 그럴 수 있어요. 어떻게 이 모든 것에도 불구하고 그럴 수 있었는지 가르쳐주세요. 검은 피를 쏟으시며 퉁퉁 부으셨던 거, 사기를 당하시고 재산을 다 잃으셨던 거, 온갖 사람들의 음해에 시달리셨고, 여전히 시달리시는 거, 배반당하셨던 거, 제가 다 알고 있는데 어떻게 그럼에도 불구하고 그럴 수가 있는지."

나를 두고 울먹이고 있는 후배에게 나는 약속했다. 내가 왜 이리되었는지 언젠가 긴 글로 써 주겠다고.

그리고 이 글은 그 약속에 대한 대답일 것 같다.

차례.

우리는 수많은 갈림길에서
헤어지고 다시 만난다

Part 2.

중요한 것은 그들과의 관계보다
소중한 나를 소중하게 지키는 것이다

나는 기필코
해답을 찾아야 했다

Part 3.

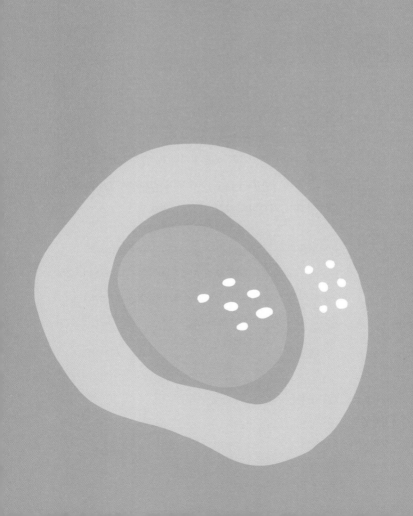

Part 1

우리는
수많은 갈림길에서
헤어지고 다시 만난다

햇살 그리고 모차르트
어쩌면 섬진강

섬진강 가에 작업실을 마련했다. 막내가 고등학교를 졸업하던 날, 30년간에 걸친 내 공식 육아는 끝났다고 스스로 선언을 하고 그때부터 지리산 언저리를 기웃거렸던 것이었다.

그렇다. 내 공식 육아는 30년 만에 끝났다. 공식 육아란 막내가 만 18세가 되어 고등학교를 졸업하는 걸 뜻한다. 막내가 수능을 보던 날은 경기도에서 강연이 있었다. 오래전에 예정된 강의였다. 6시 반에 끝나고 집으로 돌아가는데 문자로 시험 잘 봤니? 하니까 응, 하고 대답이 왔다. 원래 공부 잘하는 애들은 세 개 틀렸다고 울고불고하는 거고 우리 애들은 평생 시험을 '잘' 본다.

일을 해놓고 결과에 별로 연연하지 않는 것은 아마도 내 유전자다. 시험을 마친 아들은 친구들과 만나니 늦겠다고 했다. 그래도 아들 얼굴이라도 보려고 서울 집으로 가는데 차가 몹시 막혔다. 차 안에서 뜻밖에도 잊어버린 줄 알았던 눈물이 자꾸 흘러내렸다.

특별히 마음이 아팠던 것은 막내 아빠와 헤어져 내가 완전한 독신 생활로 들어섰던 것이 막내의 초등학교 입학을 닷새 앞둔 그해 2월이었기 때문이었다. 가진 것을 모두 잃고 달랑 집 한 채에(대출이 엄청 있는) 아이가 셋이었던 내가 이제 초등학교에 입학할 아이를 두고 내 미래에 대한 불안에 휩싸이는 것은 어쩌면 너무도 당연했으리라.

그 겨울날 빚더미에 올라 밤이면 애들 재우고 날마다 푸르스름한 소주를 두 병씩 마셨다. 눈물은 아이들이 다 잠든 후에서야 흘러내렸다. 그러나 몸을 퉁퉁 붓게 한 분노나 슬픔보다 절박했던 건 생계였다. 난 결혼 생활 동안 내가 가진 돈을 다 잃었고 이제 빚더미에 오른 7년 동안의 경력 단절녀였다.

차가 밀리는 두 시간 동안 걷잡을 수 없이 지난날들이 스쳐 갔다.

한때 지워버리고 싶었던 내 생애였다. 몇 번이고 생각했었다. 아이들만 없었다면 이 집 다 팔아 세계를 떠돌고 싶었다.

아이들 때문에 아무 데도 가지 못했고 아이들 때문에 어떻게든 벌어야 했다. 쓰지 않으면 아이들을 학교에도 보낼 수 없었으니까. 그때나 지금이나 글은 써지는 것이 아니다. 글은 쓰는 것이다. 게으른 내가 밤을 새워 마감을 맞추어 보냈다. 돈이 있었다면, 위자료라든가 상속 재산이 있었다면 꿈도 꾸지 못했을 거다. 한국에서 가장 많은 단행본을 팔았던 베스트셀러 작가인 내가 다시 생활고에 허덕이며 글을 쓰기 시작해야 했다. 내게는 명품 백 하나, 명품 정장 한 벌 없었다.

하지만 천천히 생각해본다. 낙관적 시나리오를 쓴다고 말이다. 날 활활 태울 것같이 분노를 일으키게 하던 그들 덕에 난 신앙을 가졌고 어떻게든 나 자신을 달래고 역경을 "돌파하여" 평화의 호수에 다다르기를 기도했다. 열심히 많이 기도했다. 기도가 없었다면 나는 어떻게 되었을까, 생각만 해도 아찔해진다. 그들을 욕하고 그들을 원망하고 그러고 싶었지만 내가 사랑하는 종교에서 그러지 말라 하시길래 열심히 그러지 않았다. 참으로 그러고 싶었지만, 그럼에도 불구하고!

이제 와 생각해보니 나쁜 게 없었다.

인생이 좋은가 나쁜가의 문제는 결정의 시점을 어디서 잘라 바라볼까의 문제일 뿐이다. 그때 내게 내 생은 많이 나빴다. 내가 불행하고 힘들었기 때문에.

그러나 지금 내 생은 참 좋다. 지금 내가 행복하기 때문이다.

어느 시점에서 돌아보느냐에 따라 삶의 색깔이 바뀌는 것이다.

그러므로 마지막 순간 인생을 잘 살았다 생각하고 죽기 위해서는 죽는 순간까지 어떻게든 행복해야 하겠지. 마지막 순간에, 아 이게 뭐야. 이러기는 싫으니까.

나는 이제 막내마저 떠나려는 텅 빈집으로 돌아왔다. 텅 빈집의 이 고요를 음악으로도 방해하기 싫어 고요 속에서 술을 꺼내왔다. 나한테 좋은 상을 주고 싶어서였다. 선물로 받았는데 아끼고 마시지 않던 토스카나산 2005년 와인을 땄다. 너무 행복해서 안주 따위는 없어도 되었다. 식전에 성호를 긋고 기도를 하는데 이런 말이 절로 나왔다.

삶이란 신비한 챕터를 한 장 더 넘깁니다.

감사합니다. 저에게 역경을 주셨던 것, 고통을 주셨던 것, 옳으셨습니다. 아이들이 아이들이 아니게 다 키워놓고 난 이제야 저는 겨우 약간 어른이 되어가는 것 같습니다. 아멘.

그리고 나는 지리산으로 날아갔다. 겨우내 인터넷 부동산 사이트를 뒤지는 중에 맘에 드는 집을 보아두었다. 처음 이 집을 보러 왔던 날은 봄날이었다. 서울은 아직도 누런 겨울 풍경이었는데 동네 어귀에 희디흰 매화가 피어 있었다. 차에서 내리자 바람도 없는데 흰 꽃잎들이 푸르르 푸르르 졌다. 시골 처녀가 희디흰 광목 치마를 펄럭이며 뛰어가는 것처럼 아름다웠고 모든 진정한 아름다운 것이 그렇듯, 가슴 한구석에 생채기가 나듯 찌르르 아팠다.

나는 몇 해 동안 글을 쓰지 못했다. 그래서 돈이 없었고 사정이 좋지 않았지만 나는 이 동네에 나온 작은 농가를 놓치고 싶지 않았다. 시골집치고는 아주 작아 70평 정도의 대지에 열다섯 평 정도의 건물이었다 하지만 지리산이 북쪽을 막으며 든든히 서 있고 맞은편으로는 백운산 줄기가 뻗어 있었다. 집 대문을 여니까 마당에서 섬진강이 보였는데 그 물결이 딱 종아리에서 찰랑찰랑하는 듯했다. 좁은 마당에 모과

25

나무가 세 그루, 자귀나무와 산복숭아도 있었다. 그 자리에 서 있는 돈을 다 털어 집을 계약했다. 남은 일들은 내 인생이 그랬듯 언제나처럼 어찌되겠지 싶었다. 집은 오래되었고 구조는 아주 불편했지만 나는 이 집을 떠나지 못했다. 낚시꾼들이 앉는다는 간이의자를 사서 하루 종일 섬진강 가에 앉아 있었다. 세상을 다 가진 듯 행복했다.

이사 온 후 가장 먼저 한 일은 휴대폰에 블루투스 오디오를 연결해 마당에 얹어 놓는 거였다. 푸짐하게 쏟아져 내리는 햇살 속에서 모차르트가 기가 막히게 어울렸다. 섬진강으로부터는 부드러운 바람이 불어왔다. 나중에 서울에 가서 똑같은 조건하에서 모차르트를 들었는데 음악은 전혀 달랐다. 소리는 파동이라는데 공기가 맑으면 음이 더 잘 전달되나? 뭐 생각해보니 그럴듯도 한 것 같다.

비가 오면 창가에 바싹 붙어 비를 바라보고 비가 개면 다시 섬진강 가에 의자를 하나 내놓고 모차르트를 들었다. 봄과 섬진강과 햇살과 모차르트는 뭐 하나를 떼어 생각할 수가 없었다. 나는 아침부터 무중력 의자라고 부르는 싸고도 좋은 안락의자에서 반쯤 누워 커다란 잔에 든 커피를 홀짝홀짝 마시며 하늘에서 흘러가는 구름을 보고 그것이 지겨워지면 의자를 조금 세워 강을 보고 앉아 있었다.

세상은 여전히 나를 상처 입히고 싶어했다. 수많은 모스 부호들처럼 악플과 악성 포스팅이 올라왔다. 가끔 억누르던 공포는 꿈을 덮쳤다. 그런데 나는 이상하게 적어도 아슬아슬 평온을 유지하고 있었다. 이유가 뭘까 생각해봤는데 모차르트 혹은 햇살 때문인 것 같았다. 낚시 의자에 앉아 있던 탓에 종아리와 발이 새까맣게 그을렸다. 우울증의 가장 강력한 치유제. 햇살 그리고 모차르트 어쩌면 섬진강.

그것이 일과였다. 그러는 동안 우리집 한편에 둥지를 틀고 알을 낳았던 박새 부부는 빗속에서도 쉴 새 없이 먹이를 날랐다. 며칠 만에 보는데 눈에 띄게 홀쭉해져 있다. 어미 노릇 힘든가 보다. 사진을 찍는 후배가 지나가다가 박새를 찍은 사진을 보여주었는데 망원 렌즈를 당겨 찍은 사진 속에는 내 주먹보다 작은 박새가 제법 굵은 애벌레를 물고 집으로 들어가고 있었다.

나는 또 생각했다.

사랑, 그리고 헌신이라는… 이 우주의 열쇠이며 원리 그리고 신비를.

전에 이곳에 사시던 분들이 심어 놓았던 저먼아이리스는 노랑 보라 황홀하게 피어나고 갓 심은 수국은 뿌리를 잘 내리고 있었다. 배가 고프면 인스턴트 쌀국수에 끓는 물을 붓고 뒤뜰에 돋아난 야생 고수를 몇 개 흩트리면 됐다. 부러운 게 없었다. 하루 종일 나를 찾아오는 것은 고양이들 그리고 새들 혹은 바람이었다. 꽃보다 어여삐 상추가 피어나고 뿌리지 않아도 깻잎들과 야생 미나리 혹은 야생 고수 돋아나니 나는 세상 누구보다 부자였고 행복했다.

어떤 날은 아침부터 고기를 구웠다. 마당을 가진 자의 특권이다. 비가 오는 날도 있었고 맑은 날도 있었다. 내 마당에 서서 숯불을 피웠다. 예쁘게 야외식탁을 차리고 데이지꽃이 프랑스 자수로 놓여 있는 흰 식탁보를 깔았다. 봄이면 희디흰 매화 가지를 둥근 항아리에 꽂았다. 곧이어 피어난 붉은 동백을, 이어 벚꽃 혹은 산 배꽃을 화병에 꽂았다. 손톱보다 작은 들꽃들을 따서 예쁜 접시에 물을 넣고 동동 띄웠다. 커피

잔과 더불어 내 이삿짐의 필수품인 와인 잔을 놓고 강을 보며 삼겹살을 상추와 야생 고수, 밭에서 뽑은 달래와 함께 먹었다. 남은 불에 감자를 두엇 던져놓고 나면 모차르트는 투명한 대기 속으로 울렸다. 나는 지리산 전체를 내 집 정원으로 가지고 섬진강 전체를 내 집 연못으로 가진 것 같았다. 나는 어떤 황후보다 화려한 식탁을 가진 이였다.

우리집에 밥을 먹으러 오는 고양이 두엇이 내 눈치를 보며 저만치 서 있었다. 그들에게 내 고기 두어 점을 양보했다. 아니 양보한 것이 아니라 초대한 거라고 생각했다. 내 식탁에.

그러는 동안 첫 번째 방문객이 도착했다. 그녀는 불행과 의문을 품고 오늘 아침 기차로 서울을 떠나 내게로 오는 것이었다. 나는 그녀에게 대답해야 한다. 엉뚱하고 가당치 않은 나의 행복에 대해서.

나는 기차역으로 차를 몰았다. 지난 10여 년 동안 그녀는 나와 아주 가까운 사람이었다. 사람…… 나는 그녀와 지금도 친하게 지낸다. 그러나 그렇지 않은 사람들이 더 많다. 이제는 친구라고 부르지 못하는 인연들. 처음에는 한 사람을 보낼 때마다 가슴이 너무 아팠다. 어떤 이별은 이혼만큼 힘들었다. 언제나 하던 버릇대로 자꾸 힘든 일이 반복해서 생기면 나 자신을 들여다보며 그것에 대해 몇 날이고 나는 생각한다.

그러던 어느 날 깊이 깨달았다. 오래되면 좋은 우정이라는 말은 사실은 21세기에는 힘든 말이다. 21세기에 나는 아침 한 시간 동안 우리 할머니가 평생을 만났던 사람보다 많은 사람을 만난다. 지하철에서 SNS에서 그리고 거리에서.

삶은 긴 순례 같은 것이겠다. 출발선은 어쩌면 같지만 우리는 수많은 갈림길에서 헤어지고 다시 만난다. 가는 사람을 축복해주고 오는 사람을 반기면 되겠지.

섬진강 가 집에 나를 방문하는 그녀도 언제든 떠날 수 있는 거겠다 싶으니 그녀를 맞는 내 마음은 더 애틋해졌다.

세상에
나쁘기만 한 일은
없어

기차역에서 그녀를 태우고 집으로 돌아오는 길에는 벚꽃이 지고 있었다. 섬진강 백리길 벚꽃들이었다. 코로나 때문에 차는 예전처럼 밀리지 않았다. 휴대폰 카메라에 눈처럼 지는 벚꽃잎들을 담으려 애쓰던 그녀는 그러나 여전히 그 아름 다움을 그 작은 기계로 다 담아내는 데 실패하고 있었다. 여기 와서 안 일이었지만 꽃은, 사진을 잘 받지 않는다. 꽃을 찍는 일은 어렵다. 꽃은 눈으로 볼 때가 가장 아름답다. 모든 살아 있는 다른 어떤 생물들도 그러하다. 눈보다 더 좋은 카메라 는 아직 없다. 우리는 눈으로 보는 것의 100분의 1도 카메라 에 다 담지 못한다. 그래 놓고도 가끔은 눈보다 카메라를 더 비싸고 귀한 것으로 여긴다.

언젠가 제주에 가서 해변에 불타는 노을을 카메라로 찍은 적이 있었다. 나중에 보니 그저 평범한 노을일 뿐이었다. 그 순간 그런 생각이 들었다. 신의 눈으로 본다면 우리가 보지 못하는 아름다움, 장엄함이 얼마나 더 많이 보일까? 기껏 1.5도 안 되는 인간의 눈으로 보고 예쁘니 미우니 하는 우리는 얼마나 교만한가.

말이 없는 그녀—이제부터 그녀를 H라 부르기로 한다—에게 내가 말했다.

"잘 봐둬. 우리 생애 이걸 몇 번 더 볼지 아무도 몰라. 설사 오래오래 산다 해도 꽃이 이렇게 지는 건 1년에 단 하루뿐이야. 우리는 지금 엄청난 축복 속을 달리고 있는 거야."

그녀는 "그러네 언니" 했지만 정말 그렇게 생각하는 것 같지는 않았다.

나는 그녀를 얼마간 안다고 할 수 있다. 열네 살 때 엄마가 가출하고 아버지마저 떠난 집에서 혼자 밥해서 자기 도시락 싸고 동생 밥 먹여가며 공부했다. 근처에 사는 큰댁에서 두 자매를 얼마간 돌봤다고 했다. 신기하게 어쩌면 감사하게도 두 자매는 공부를 잘했다. 그녀는 외고를 거쳐 유수의 대학에 입학했고 곧바로 대기업에 입사했다. 동생도 전문직 여성이 되었다. 이제 고생은 끝나는 게 맞을 것이었다. 그러나.

그녀는 얼마 전 동생까지 독립시키고 이제 좀 편하게 살려던 때 한 남자를 만났다. 남녀 간의 만남은 아니었다. 이제 얼마간 "먹고살게 된" 그녀가 대학 시절 자기 먹고사는 것이 바빠 돕지 못했던 미안함으로 해고 노동자들에게 도움을 주었던 것이다.

그렇게나 참 착해서 내가 이뻐하는 H. 거기서 한 해고자 남자를 만났고 그의 아이들과 부인이 곧 나앉게 되었다는 말에, 그리고 처가에서 돈이 곧 나온다는 말에 모았던 돈을 다 빌려주었다. 너무 상투적인가. 그는 현재 사기죄로 감옥에 있다. 그가 감옥에 있다 해도 그 피 같은 돈이 돌아오는 것은 아니다. 그녀는 심지어 빚을 받아내기 위해 그에게 조금 더 조금 더 빌려주는 바람에 빚까지 지게 되었다. 그녀가 말을 꺼냈다.

"언니 병원에 갔는데 나 우울증이 심하대. 이제 약을 먹어야 한대. 요새 계속 시간 맞춰 약 먹고 있어. 인생이, 인생이 너무 억울해."

뒷산에서 따온 두릅을 놓고 이웃집 뒷산에서 딴 가시오가 피 순을 살짝 데쳐 들기름과 멸치액젓에 무친 것을 놓고 우리는 막걸리를 따랐다.

　"회사에서—정말이지 하루에 13시간 넘게 휴일도 없이 일했는데—여자라고 승진에서 계속 밀리고 일도 못하는 것들이 승진했어. 게다가 얼마 전 한직으로 쫓겨나다시피 했어. 이젠 노골적으로 나가라는 분위기야. 너무 치사하고 더러워서 그만두고 싶었는데 그 인간이 사기치고 간 빚을 갚으려면 아직도 멀어서……."

　H는 멍하니 강물을 바라보았다.

　"언니 집 참 좋다. 나도 언니처럼 여기 와서 살고 싶지만."

　"그래도 네겐 집이 있잖아."

　"집?" 그녀가 물었다. 그리고 피식 웃었다.

　"그래 서울과 경기도가 접한 지역의 10평짜리 주공 아파트. 그것도 아빠가 대출 받아다 써서 거의 깡통이야. 대출이자 연체되었다고 은행에서 날 찾아왔기에 내가 조금씩 이자를 갚고 있어 언제 압류당할지 모르는 집……."

　그녀는 입을 다물었다. 나는 뭐라 말을 하기가 어려웠고 애꿎게 막걸리를 따르다가 넘쳐버린 잔을 호들갑스레 닦았다.

강물은 오후가 되면서 쉴 새 없이 반짝이고 있었다. 수많은 윤슬이 반짝이며 강물 위에 은가루를 뿌려 놓은 것 같았다.

나도 막걸리를 한잔 마셨다.

"H야 내가 전혀 다른 말을 해볼게."

H는 순한 눈으로 나를 바라보았다. 열네 살 소녀가 가장이 되어 부잣집 아이들 틈에서 과외 한 번 못 받고 제 손으로 밥 해먹고 다녀도 기죽지 않았던 그녀였다. 회사에 취직해서 겨우 돈을 벌려고 할 때 난데없는 택시 강도를 당해 산속으로 끌려가서도 침착하게 눈을 감고 "아저씨, 열네 살 때부터 제 동생 밥해주던 소녀 가장이에요. 겨우 공부 마치고 좋은 데 취직한 지 이제 한 달 지났어요. 제가 여기서 죽으면 제 동생 은 진짜 고아가 돼요. 아저씨, 가진 거 다 드릴테니 절 살려주 세요. 저 계속 눈 감고 있잖아요. 신고도 안 할 거예요" 하고 위기를 벗어난 침착한 처녀였다. 나중에 생각해보니 어쩌면 그 강도도 어려서 엄마 잃고 누나가 해준 밥을 먹은 것은 아 니었을까? 우리는 그녀가 살아온 기적을 놓고 가끔 그런 이 야기를 했었다. 그런데 이제 세월 앞에서 무너져 내리고 있 는 게 보였다. 나랑 띠동갑인데 많이 상해 있어서 늙고 힘겨

위 보였다. 우울증 걸릴 만했다. 억울할 만했다. 나는 그녀를
이해하고 있었다. 그러나 그래서가 아니라 나는 말해야 했
다. 그럼에도 불구하고, 라는 그 말을.

"내가 열네 살 때였던 것 같아. 우리 엄마가 울고 있더라구.
'엄마 왜 그래?' 물으니 '병원에 갔는데 본태성 고혈압이라고
하더라구. 이제 평생 약을 먹어야 한대. 내 나이 이제 마흔 좀
넘었는데 평생 약을 먹어야 한다니' 그래서 내가 그랬어.
 '엄마 세상에는 약도 쓸 수 없는 수많은 병이 있어. 그런데
엄마 병은 약이 있잖아. 그런데 왜 울어?'
 엄마가 열네 살인 나를 놀란 듯이 쳐다보더니. '니 말을 들
으니 그것도 그러네……. 그런데 지영아 평생 먹으래' 하고
다시 우는 거야.
 그래서 내가 그랬지.
 '평생 먹으면 되잖아. 뭐가 문제지?'
 그러자 엄마가 다시 물었어.
 '부작용이 있을 수도 있대.'
 '엄마 그 부작용 아직 없잖아. 부작용이 생기면 그때 생각
하면 되지.'

그러자 엄마가 웃었어.

'그러네…… 그러면 되네.'

나는 가끔 생각해. 나는 대체 어쩌자고 어린 것이 그런 생각을 다 했을까."

강물을 바라보며 멍해 있는 H가 머리를 뒤로 젖히고 깔깔 웃었다. 나는 함께 웃다가 잠시 침묵한 후 말했다.

"H야, 약 먹어. 약이 있다잖아."

"그러네, 정말 그러네 언니."

이번에 그녀의 '그러네'는 얼마간 진심 같아 보였다.

"그리고."

내가 다시 말했다.

"니네 회사 좋은 회사야?"

H가 눈을 깜빡였다.

"니네 회사 얼마 전에 보니까 오너 가족들이 온갖 나쁜 짓 했더라. 그런 사람에게 충성할 필요가 있을까?"

후배가 갸우뚱하는 듯했다.

"그 사람들이 널 승진시켜 준다고 네 자긍심이 정말 충족될까? 그냥 다녀. 치사? 치사하지. 그러나 그 정도도 안 치사하게 무슨 돈을 벌겠니? 나가랄 때까지 있어. 맘 같아서는 H야,

당장 이리로 이사와서 언니랑 피자집이라도 차리자, 여기 섬진강 변이 그렇듯 일주일에 3일만 열자, 이러고 싶지만 그건 나중에도 괜찮아. 그러면 너는 버티면 월급 나와서 좋고, 나가라면 섬진강 변 언니네 동네로 이사간다 싶어서 좋고. 이제부터 좋은 일뿐인 거야. 일은 열심히 해 줘. 그러나 충성하지 마. 그 정도로 의미 있는 사람들 아니잖아!"

H의 얼굴은 아까보다 훨씬 더 채도가 높아지고 있었다. 나는 나를 신뢰하는 그녀가 고마웠다.

"집 말이야. 그래 네 말대로 깡통이 되어버린 코딱지만 한 낡은 아파트. 그거 엄청 고마운 거 아니니? 만일 그거라도 없었으면 대체 어쩔 뻔했어."

"그건 그렇지."

H는 이제는 내 말이 상투적이라는 듯 약간 실망하는 표정이었다.

"엄청 행운이었지 네게. 어쨌든 이사는 안 다녔잖아."

"응 언니. 그거 엄마가 집 나가기 전에 시내 큰 빌딩에서 화장실 청소하며 모은 돈으로 마련하신 거야. 그건 정말 감사해."

"H야, 이렇게 한번 생각해보자. 어느 날 내가 네게 H야, 언니에게 작은 아파트가 있는데 너 동생이랑 거기 와서 살래?
월세는 안 받을게. 대신 대출이 많아서 그거 네가 약간씩만
갚아주면 좋겠다. 30년 동안 이사 가라는 말은 안 할게, 이랬
다면 어땠을까?"

H가 고개를 갸우뚱했다.

"난 자신할 수 있어. 그랬다면 너는 명절마다 내게 갈비를
사 가지고 왔을 거야. 감사하다면서. 그리고 내가 그 집을 도
로 가져간 다음에도 내게 감사했을 거야, 네 성격에."

"그건 그래."

H가 고개를 끄덕였다.

"그런데 너 왜 아빠에게 감사하지 않니?"

잠시 눈동자를 깔고 생각에 잠겼다가 H가 웃음을 터뜨렸
다.

"그러네 언니. 정말 그러네."

나는 그녀에게 막걸리를 따랐다. 부드럽고 따스한 바람이
섬진강으로부터 불어왔다. 나를 이해해주는 그녀가 참 고마
웠다.

훗날 그녀가 말했다.

"신기했어. 상황은 하나도 바뀌지 않는데 모든 것이 바뀌었어."

내가 대답했다.

"살아보니까 세상에 나쁘기만 한 일은 없어. 어차피 100퍼센트 좋은 일은 없어. 100퍼센트 좋기만 하다면 거짓일 확률이 많아. 모든 일에 있는 좋은 일과 나쁜 일은 마치 하루 동안 밤과 낮이 있듯 있는 거야. 하지만 결국엔 말이야 둘 다 나쁘지는 않아, 다만 생각을 조금 바꾸면 좋지."

그날 오후 나는 내 2층 침실, 가장 전망이 좋은 자리에 내가 배치해놓은 욕조에 물을 받아주었다. 모차르트 CD를 틀어주고 욕조에 허브 입욕제를 띄워주었다. 하동산 녹차를 한 주전자 우려서 반신욕 탁자에 놓아주고 내가 말했다.

"하고 싶은 만큼 즐겨. 이 순간 언니가 하녀 너는 공주."

나는 다시 데크로 나와 혼자 모차르트를 들었다. 설사 우리 집을 방문해서 며칠을 붙어 있어야 한다 해도, 그럼에도 불구하고 모든 생명에게는 서로 거리가 필요하다. 그것이 하루의 단 한 시간일지라도.

나 자신을
사랑할래…….
그런데 어떻게?

내가 좋아하는 예수라는 사람의 일생을 읽다 보면 이런 일화가 소개된다. 예수가 어느 날 예루살렘 근처에 있는 벳자타라는 못가로 간다. 거기에는 주랑, 그러니까 지붕은 있고 벽은 없는 정자 같은 건물이 다섯 채 있었는데 거기에는 병자로 가득 차 있었다고 한다. 그곳에 내려오는 전설이 하나 있었는데 이따금씩 주님의 천사가 그 못에 내려와 물을 출렁거리게 하면 그때 그 연못에 제일 먼저 들어가는 사람은 무슨 병이든 낫는다는 것이었다. 아마도 희망을 잃은 사람들, 의사도 고치지 못한 사람들, 의사에게 가보지도 못한 사람들이 거기 가득히 있었으리라.

예수는 거기서 한 남자를 지목한다. 그는 이미 38년 동안이나 앓아누워 있었고 예수도 그 사실을 알고 있다고 기록은

전하고 있다. 예수가 다가가 그에게 묻는다.

"건강해지고 싶으냐?"

매일 울며 내 인생은 다 망쳤어, 라고 생각하고 있을 무렵 이 구절이 내 맘을 쳤다.

38년이나 앓고 있는 사람에게 가서 "건강해지고 싶으냐?" 묻는 예수는 제정신인가? 38년이 아니라 38일 동안 직업을 찾아 헤매는 사람에게 "정말 취업하고 싶어요?" 하고 묻는 사람이 있을까. 한 푼만 달라는 거지에게 가서 "진짜 돈을 원해요? 부자 되고 싶나요?" 묻는 사람이 있을까. 그런데 예수는 그에게 물었다. 그런데 그자의 대답이 또 이상하고 이상했다.

"선생님, 물이 출렁거릴 때 저를 물속에 넣어줄 사람이 없습니다. 그래서 제가 가는 동안 다른 이들이 먼저 물에 들어갑니다."

나는 이 이후에 신의 아들 예수가 그를 고쳤는지 아닌지는 말하지 않으려고 한다. 중요한 건 예수의 질문과 그 사람의 엉뚱한 대답이었다. 두 사람은 정말 대화를 나누었는가? 그 무렵 예수가 내게 와서 "정말 네가 원하는 것이 무엇이냐?" 물었다면 나는 무어라 대답했을까 하는 생각이 들었던 것이다.

예수는 내게 물었을지도 모른다.

"정말 행복해지고 싶으냐?"

그럼 아마도 나는 대답했으리라.

"저도 노력했어요. 얼마나 노력했는지 아시잖아요. 그런데 저 사람이, 그놈들이, 그 여자들이…… 저보다 먼저 그 물에 들어가 휘저어버린 바람에 저는 이렇게 빚더미에 앉고, 저는 이혼녀의 딱지를 달고…… 저는 애들을 힘들게 키우고 돈을 벌고, 저는 다 잘했는데 그들이…… 저는 희생자이고…… 그런데 저도 할만큼 했다구요. 억울하다구요. 돈도 없고 재능도 바닥났어요. 트렌드도 변했다구요. 전 어쩌죠?"

누군가 내게 나직이 말하는 것 같았다.

"솔직해지자. 네가 원하는 것은 어쩌면 그냥 남을 탓하고 마치 인생 전체를 바친 희생자의 좌석에 앉아 누군가 네게 구호품 같은 행운 꾸러미를 던져주는 것이 아니었을까? 그것의 속물적 현현인 로또 같은 것도 있지."

그때 나는 알았다. 아마도 이 세상에 태어나 나는 한 번도 진짜 행복하기를 원한 적이 없는지도 모른다. 나는 왜 행복이 아침에 해가 떠서 내 창문 안으로 그 빛을 비추듯 오지 않느냐고 불평하고 있었는지도 모른다. 그런데 나는 정말 행복하기를 원했던 적이 있기는 하는 것일까?

이 글을 쓰는 지금도 이 회상들이 아프고 고통스럽다.

내가 할 수 있는 일은 세상의 모든 좋은 책들을 찾아 읽는 것이었다. 처음에는 다른 사람들에게 물었다. 그런데 그들도 모두 제각기 불행했다. 그들은 불행할 뿐 아니라 불행의 전도사들이기까지 했다.

"남자들이 원래 다 그래. 아들 하나 더 키운다 생각하고 살아"라든가, "세상에 행복한 사람이 어딨니? 다 그런 거야"라든가, "말도 말아. 내 불행에 대면 네 불행은 일도 아니야. 나도 어제 한판 했어. 지겨워 이놈의 세상, 내 말 들어볼래? 어떻게 됐냐면"이라든가.

또 이런 것도 있다.
"그래도 걔가 맘은 착하잖아"였다.

이 문장들의 앞에는 '그 사람이 알코올중독이어도', '그 사람이 아내와 아이들을 패도', '사람이 도무지 일을 안 해도', '시어머니가 온갖 무례와 패악을 부려도' 같은 조건절이 붙어 있었다. 그래도 내 주변의 사람들은 교양이 있어서 "맘은 착한데 욱해서 아내와 아이들을 때려. 그래도 그 사람 서울대 나왔고 박사잖아. 서울대도 못 나오고 박사도 아닌 것들도 아내와 애들을 팬대"라고 하는 사람이 없는 것이 내 행운의 최대치였다.

그래서 나는 책 쪽으로 갔다. 자기계발서라는 것이 거의 없던 그때, 오히려 얼마 없어서 나는 거의 모든 책을 읽었다. 프로이트와 융의 입문서를 거쳐 스캇 펙 박사의 심리학 시리즈와 가톨릭 영성 서적들이 큰 도움이 되었다. 댄 알렌더 같은 미국의 목사이자 저술가의 책도 그랬다. 그렇게 몇 년이 지난 후, 정말이지 수백 권의 책을 읽고 나서 나는 모든 훌륭한 분들의 행복해지는 비결이 아주 단순한 몇 가지 단어들로 수렴된다는 것을 알았다. 그것은 이런 것들이었다.

지금

여기

그리고 나 자신

기억해 두기 바란다, 이 세 단어를.

먼저 나 자신,

나 자신을 사랑해야 한다는 말은 '아무리 피하려 해도' 여기저기에 박혀 있었다. 마치 소금이 들어가지 않은 음식이 이 세상에 존재하지 않는 것처럼.

나 자신을 사랑하고 소중히 여겨야 한다는 명제는 설사 "지금"도 사라지고 "여기"가 사라진 후 우리가 죽음으로 들어가는 입구에 서 있다 해도 마지막까지 지켜야 하는 명제라고 훌륭한 분들이 그랬다.

그런데 어떻게? 나는 생각했다.

나 자신을 사랑할래……. 그런데 어떻게?

그건 아무 데도 쓰여 있지 않았다.

나는 그냥 거울을 봤다. 내가 누군지 알아야 사랑을 할 것 아닌가 말이다. 거울을 보고 눈 밑에 선글라스처럼 덮인 새까만 기미와 날카롭게 올라간 내 눈꼬리와 자글한 주름이 덮인 피부와 처진 턱선 그리고 내 지친 입매를 바라보았다. 어쩌다가 내 얼굴이 이렇게 변해버렸나 싶어서 보지 않던 거울을 일부러 몇 개 더 새로 사서, 책상, 침대 옆에 놓아두고 틈나는 대로 보는 것이었다.

나태주 시인도 그랬다.

자세히 보아야 예쁘다

오래 보아야 사랑스럽다

너도 그렇다

그 거울 속의 여자가 절세미인이라면 내 인생은 조금 더 순조로웠을까? 최소한 내가 더 쉽게 그녀를 사랑했을까? 나는 그 여자를 오래도록 미워해 왔었다. 일기에다 나는 '내가 싫다'라고 쓰고 스스로 멋있어하는 일에 더 익숙하던 문화에서 자랐다. 얼굴이 조막만하고 키가 멀대 같고 다리가 비정상적으로 길고 피부가 하얀 여자 옆에서 기껏 한다는 일이 사진을 찍는 일만 피하는 거였다. 어쩌면 젊고 싱싱하던 시절부터 이 사람을 별로 좋아하지 않았는데, 그런데 이제 사랑까지 하라고? 나는 그 지치고 늙고 불행하고 어두운 여자에게 힘겹게, 입을 열었다. 억지로 오래 외운 말이었다.

"사랑한다. 이 세상에서 가장 예쁘고 소중한 너!"

설마 H야, 너는 내가 이 말을 처음 할 때 와우! 멋진 나님!
하며 기뻐했다고 생각하는 것은 아니었겠지?

우리는 하도 똑똑해서 모든 것에 연습이 필요하다는 것을
안다. 자전거 타기, 테니스 치기, 필라테스나 요가, 혹은 피아
노 그리고 영어나 중국어.

솔직히 그런 일들을 안 해도 우리 삶에 큰 지장은 없다. 그
래도 일단 그것이 하고 싶으면 우리는 연습을 시작한다. 처
음 하는 것이라 조금 서툴러도 그렇게 부끄러워하지 않고,
주위에서도 그를 격려한다. 괜찮아. 처음엔 다 그래. 곧 나아
질 거야. 대신 꾸준히 해야 해.

그런데 세상 모든 것을 다 하지 않는다 해도 꼭 해야 하는
이 "자기 자신 사랑하기!"가 연습이 필요한 일이라는 것을 아
는 사람은 많지 않다.

나는 H에게 할 말을 준비했다.

"자기 자신을 사랑하는 것. 이것이야말로 매일 빠지지 않

고 꾸준히 연습이 필요한 일이야. 왜냐하면 이 세상은—어쩌면 자본주의— 우리가 스스로를 사랑하고 소중히 여기는 것을 그리 좋아하지 않아.

'저는 아무것도 아닌 못생긴 구더기예요. 벌레를 겨우 면한 정도라고나 할까요? 저를 함부로 만지시거나 치시고 저에게 슬쩍슬쩍 성적 표현이 들어간 농담을 아무렇게나 하시고, 저의 외모를 살짝 비하하는 수고로움을 주시어 피곤한 모두에게 웃음을 주시고, 저녁이 와도 시간 외의 노동을 하게 하시어도 이 몸은 감지덕지예요. 왜냐하면 저는 제가 봐도 후진 사람이니까요. 다리도 짧고 얼굴도 크고 코는 낮고 눈은 작으니까요. 죄송해요, 못생겨서.'

이런 사람이 자본주의가 원하는 인간상이니까.

생각해봐. 자신을 사랑하고 소중히 여긴다는 것은 이 세계사에 혼자 반기를 드는 일인지도 몰라. 게다가 너의 엄마, 너의 언니, 너의 선배 모두가 그렇지 않았어. 그 대가로 약간의 간식을 더 얻었지. 그런데 이제 그 혁명의 길을 가려면 어떻게 연습을 하지 않겠느냐고.

하지만 너무 슬프거나 낙담하지 말기를. 세계적인 피아니스트 조성진이나, 올림픽 2관왕 김연아, 그리고 세계 최고의 자리에 있는 BTS도 하는 그 연습이니까."

그 무렵 현대 가톨릭 최고의 영성가 중의 한 분인 앤서니 드멜로 신부의 글을 읽었다. 그분 역시 벳자타 못가의 병자에게 하듯 우리에게 물었다.

"피정 지도를 할 때 제가 물어요. 여러분, 행복해지고 싶으세요? 그러면 여러분은 대답하죠. 네! 물론이죠……. 그러면 제가 다시 말합니다. 거짓말 마세요. 여러분은 절대로 행복해지기를 원하지 않아요. 여러분들은 그냥 아무 일도 없기를 바랄 뿐입니다. 그것은 행복이 아니에요.

인도에 이런 옛이야기가 있어요.

사람들이 똥통에 빠져 있었어요. 뭐 그렇다구요. 그들은 목까지 똥물에 잠긴 채 겨우 숨을 몰아쉬고 있었어요. 지나가던 현자가 그들에게 물었어요. '내가 무엇을 해주면 좋겠소?' 그러자 그들이 뭐라고 대답했는지 아십니까?

'선생님, 저기 저 애가 자꾸 뛰면서 똥물을 튀겨요. 그때마다 출렁거리는 똥물이 우리의 코로 들어옵니다. 우리가 원하는 것은 그겁니다. 저기서 나대는 쟤 좀 가만히 있으라고 해주세요.'

미안합니다. 여러분 이것이 우리의 현실입니다. 깨어나십시오!"

나는 훌륭한 분들이 해주지 않은 이 말도 연습에 하나 더 넣었다.

"나는 건강하고 행복하고 나아지기를 원합니다."

나는 그렇게 매일 아침 거울을 보며 나를 사랑한다고 "연습했다." 솔직히 나는 사실 이걸 진심으로 원하지도 않고, 이 연습을 왜 해야 하는지도 모르겠고, 이보다는 그냥 이 세상을 다 때려 부술 정도로 원망하고 미워하는 게 더 내 적성에 맞는 것처럼 느껴지고, 젊을 때라면 몰라도 이제 와 "너를 사랑해" 같은 닭살 돋는 말을 하는 것이 과연 미친 짓이 아닐까 생각하지만, 그렇지만 그럼에도 불구하고 했다. 왜냐하면 나는 이제는 조금은 다른 삶을 살고 싶었기 때문이었다. 그 끝에 무엇이 있는지 모르지만 그래도 했다. 아인슈타인이 한 유명한 말대로 '매일 똑같은 일을 행하면서 결과가 달라지기를 바라는 것은 미친 짓'이니까. 이제는 조금은 다른 일을 행하기로 했던 것이다.

사랑에 빠진 척하면
진짜로 쉽게
사랑에 빠지게 된다

제일 먼저 내가 할 수 있는 일은 나 자신을 잘 꾸미는 일이었다. 나는 주로—아마도 평생을—집에서 일을 하는 사람이었기에 옷이나 머리에 그다지 신경을 쓰지 않았다. 어쩌다가 옷장에서 옷을 꺼내 입었는데 내 생각에도 예쁘고 잘 어울리면 도로 벗어놓기도 했다. 내일 약속에 입고 나가야지, 다음 주 인터뷰에 입어야지 했다. 그런데 그 태도를 바꾸었다. '지금 그리고 여기 나 자신!'이라는 명제 때문이었다. 잘 생각해보면 오늘 내게 잘 어울렸던 그 옷이 다음 날 약속에 입으려고 다시 입으면 어울리지 않는 때도 꽤 있었다. 나는 아직 그 비밀을 잘 모르겠지만, 몸도 얼굴도 내 신체조차도 어쩌면 매일 미세하게 변화를 겪고 있는 것이 그 이유인 듯했다.

어쨌든 나는 아침에 일어나 정성껏 세수나 샤워를 하고

머리를 드라이하고 —가끔 기분에 따라 세팅을 말기도 한
다—그날 내 형편과 기분이 맞는 옷을 꺼내 입었다. 스커트
가 입고 싶으면 스타킹을 신기도 했다. 작은 귀걸이와(크면
또 어떤가?) 팔찌도 했다. 엷게 화장도 했다. 내 마음속의 기준
은 이런 것이었다. 불쑥 기자가 들이닥쳐 인터뷰를 한다 해
도 부끄럽지 않을 정도의 매무새.

　나이가 열 살 이상인 분들은 알 것이다. 며칠 감지 못한 머
리로 산발을 하고 무릎 나온 츄리닝 바지를 입고 집 앞 슈퍼
로 뛰어가 급한 물건을 사 올 때, 친구 결혼식에 가려고 전날
부터 정성껏 머리를 자르고 옷을 차려입고 나섰을 때, 언뜻
거울에 비친 나. 누구를 더 사랑하기 좋은가를. 내가 사랑하
는 아이가 있다면 아침에 일어나 예쁘게 머리를 빗기고 알맞
게 좋고 편안한 옷을 입힐 것이 틀림없었다. 그런데 그 사랑
하는 대상이 나니까 나는 나에게 좋은 옷을 입혔다.

　아침에 일어나자마자 거울을 보고 "사랑한다. 너는 세상에
서 제일 예쁘고 소중한 사람이야"라는 말도 했다. 닭살은 여
전히 돋았다. 그럼에도 불구하고 해보는 것이었다. 마음은
빨리 바꾸지 못하고 내 맘처럼 내 마음대로 되지 않는 것이

또 없으니까. 내 맘 말고 내가 입는 옷과 내가 억지로라도 내 뱉는 말은 우선 내 맘대로 할 수 있다. 그러니 되는 일부터 해 보는 것이다.

육체와 정신의 문제를 고민했던 적이 있었다. 그 둘은 너무 도 선명히 분리되어서 나는 당연히 영혼 쪽에 거의 모든 점 수를 주고 있었다. 그것의 점수가 너무 커서 뚱뚱하거나 지 저분하거나 술을 먹고 비틀거리거나 하는 것들은 모두 부수 적이었다. 그건 육체의 일이고 내 영혼은 더 높은 것을 원하 니까. 그러던 무렵 나는 내 책을 쓰기 위해 수도원들을 방문 할 일이 있었다. 수도원을 방문하는 동안 가장 감동적이었던 것은 그분들의 신앙심 같은 것은 아니었다. 그건 내가 볼 수 도 만질 수도 없었다. 설사 오래 머물며 내가 그것을 느꼈다 해도 그것이 과연 믿을 만한 것인지 의심 많은 나로서는 어 쩌면 힘든 일이었다.

나를 감동시킨 것은 그 수도원들의 검소함과 깨끗함이었 다. 여러분도 한번 생각해보시길. 오래된 수도원과 오래된 절을 방문했을 때 더러운 곳이 있던가? 특히나 수도원의 오 래된 — 나 같으면 벌써 내다 버렸을 — 가구들을 반짝반짝 윤이 나게 닦아 쓰시는 모습은 내 마음에 약간의 충격을 주기까지 했다. 그것은 부잣집을 방문했을 때 엄청난 고가의 가구들과 대리석으로 치장한 집이 발산하는 아름다움보다 더한 아름다움이었다. 어렴풋하게 옛날이야기에서 처음 마음을 닦기 위해 절에 들어가면 왜 마당의 비질부터 시키는지 이해할 것 같았다.

나는 청소를 시작했다. 그때나 지금이나 내 청소력은 거의 낙제에 가깝다. 그래서 정기적으로 청소하시는 분을 고용했다. 고용할 돈이 벅차면 다른 것을 좀 아끼시길 권한다. 그만큼 집 안 청소와 정돈은 중요한 일이다. 세상에서 가장 사랑하고 소중한 손님이 오는 곳이니까. 나는 나를 사랑해야 했기에 마치 귀한 손님이 오시면 집을 치우듯이 나를 위해 집을 치웠다. 영혼을 정화하기란 너무 거창해서 어렵고 나를 사랑하는 것도 닭살 돋아 어렵지만 그건 어쩌면 쉬운 일일 것이다. 청소하면 되니까.

그렇게 나를 사랑해야 한다고 생각하자 또 변해야 할 일이 있었다. 먹는 것에 대한 문제였다. 첫째로 아무렇게나 통속에 음식이 담긴 채로 꺼내먹지 말자고 생각했다. 둘째로 서서 대충 먹는 일을 하지 말자고, 셋째 가장 아름다운 식탁에 나 자신을 초대하자는 것이었다. 그리 어려운 일은 아니었다. 몇 번의 고비가 있었지만 가장 유의해서 지켰던 철칙은 음식을 먹을만큼 꼭 접시에 담아 먹는다는 것이었다. 가끔 TV에 나오는 냉장고에서 꺼낸 반찬통을 그대로 식탁에 올려서 먹는 광경이 나는 이제 불편하다. 설거지가 귀찮으면 커다랗고 예쁜 접시 하나에 뷔페처럼 조금씩 덜어 먹어도 괜찮다. 가끔 나도 그렇게 한다. 설사 라면을 끓여도 꼭 예쁜 그릇에 옮겨 담았다. 이것도 어려운 일은 아니다. 나 자신을 진심으로 사랑하는 일보다, 라면이나 반찬을 꼭 접시에 덜어 차려놓고 먹는 것은 얼마나 쉬운 일인가.

인간이란 얼마나 신비롭고 한편으로 엉뚱하고 우스운 존재인지. 연극이나 드라마 속에서 혹은 영화 속에서 사랑하는 연인 사이를 연기한 두 사람이 왜 자주 열애설에 오르내리거나 진짜로 결혼하게 되는지 혹시 아시는 분 있으신가. 인간은 이상하다. 사랑에 빠진 척하면 진짜로 쉽게 사랑에 빠지게 된다. 육체와 영혼이, 형식과 내용이 결코 둘이 될 수 없다는 이야기이다.

어려운 이야기를 해보자면, 트라우마, 요즘은 많이 알게 된 외상 후 증후군의 치료법은 이렇다고 한다. 정신과 의사들과 심리 치유사들은 오랜 시간을 거쳐 사람들의 외부로부터 한 사람에게 가해진 마음의 상처를 치유하는 데 관심을 가져왔다. 그리고 그 마음에 박힌 상처가 잘 지워지지 않는다는 사실도 발견했다. 그러다가 우연한 계기로 그들은 한 가지 치유법을 발견해냈다. 관심이 있으신 분들은 더 공부해보면 알겠지만 간단하게 말하면 이렇다. 그들은 우리가 렘수면이라고 부르는 수면의 한 시기에 자고 있는 사람들의 눈동자가 심하게 움직이고, 그리고 그때 어떤 치유가 일어난다는 것을 발견했다. 그렇지만 그것이 매번 일어나는 것도, 모든 깊은 상처를 가진 사람이 렘수면에 자주 도달하는 것도 아니었다. 그래서 그들은 거꾸로 실험을 한다. 마치 렘수면에 다다른 것처럼 눈을 감고 눈동자를 좌우로 빠르게 움직이게 해보는 것이다.

예를 들어 어린 시절 불이 난 기억 때문에 아직도 장애를 겪고 있는 사람이라면, 불이 났던 그때를 생각하게 하고 눈을 감고 좌우로 눈동자를 돌리게 해보는 것이었다. 이 치료법은 상당한 효과를 거두었다고 했다.

육체는 우리 마음의 집이다. 우리집은 나라는 사람의 육체이다. 나는 마음과 나라는 존재의 어려움은 놔두고 육체와 집을 아름답게 하는 일을 먼저 시작했다. 어떤 일이 있어도 일어나자마자 잘 씻고 나 자신을 아름답게 꾸몄던 그 일. 뜻밖에도, 이것은 나의 생활을 약간 획기적으로 변화시켰다.

이제 몸이 남았다.

한 번뿐인 내 인생
이런 식으로
살다 죽기는 싫다

갱년기에 접어들 즈음 인생을 뒤바꿀 만한 사건이 두 개나 일어났다. 둘 다 배신이었는데 하나는 사회적인 것이었고 하나는 개인적인 것이었다. 돈과 명성을 잃고 만신창이가 되었다. 둘 다 내가 노력했기에 일어난 일이었다. 괴테가 『파우스트』에 쓴 "인간은 노력하는 한 방황하리라"라는 말이 그때처럼 실감 난 적은 없었다. 공연한 짓을 했다는 생각이 들었다. "제 뜻은 그게 아니었는데"라는 말이 그때처럼 바보스럽게 느껴진 적은 또 없을 것이었다. 얕은 잠을 자다가 문득 잠이 깨면 몸이 벌떡 하고 일어났다. 자다가 벌떡 일어난다, 라는 말이 무엇인지 깊이 체험했던 날들이었다. 얇은 이불의 고운 깃도 아팠다.

그 무렵 눈물이나 분노 같은 것에 대해서라면 그것들이 이

65

미 내 인생에 넘치고 있어서 체념했다고 느끼던 나에게 새로운 사건이 하나 발생했는데 그것은 비정상적인 식욕이었다. 젊어서도 가끔 상황이 좋지 않을 때 살이 많이 찌곤 했어도 그건 곧 진정되었거나 아니면 그 정도가 그리 심하지 않았다. 나는 거의 비슷비슷한 체중을 몇십 년째 이어간 사람에 속했다.

그런데 그 무렵 아침에 눈을 뜨면 "미친 듯이" 단것이 먹고 싶었다. 아침마다 마시던 커피가 입에 맞지 않아 홍차로 메뉴를 바꾸었다. 홍차…… 홍차에는 내가 늘 설탕을 넣어 마시던 버릇이 있었기 때문이었다. 설탕과 우유를 넣은 홍차를 아침부터 한 주전자씩 마시며 하루를 시작했다.

하루 종일 먹는 생각뿐이었다. 단 것, 기름진 것, 다시 매운 것, 개운한 것…… 살이 찌는 것에 대한 본원적 공포만 없었다면 나는 그 시기 가뿐하게 100킬로그램을 넘었을 거라고 확신한다. 살이 찌기 싫다, 라는 생각으로 나는 내가 가진 인내의 극한까지 버티며 10킬로 정도 오버한 체중을 거의 겨우 유지하고 있었다. 아랫배까지는 참아줄 만한데 윗배까지 나오기 시작했고 자주 앉아 있는 내게 윗배가 나온 것은 심각한 통증을 주었다. 아무리 노력해도 식욕은 줄지 않았다.

"하느님 제 살 좀 빼주세요. 부탁이에요" 하고 매일 기도도 했고, 다이어트에 좋다는 것을 다 해보았으나 소용없었다. 설사 가끔 죽을만큼 노력해서 2~3킬로가 빠졌다가도 며칠이면 금세 다시 원래의 체중으로 돌아갔다. 단식을 자주 한 것도 이 무렵이었다. 단식을 하고 나서 가벼운 몸은 정말 기분이 좋았지만 요요로 인해 금세 다시 원래 체중으로 돌아갔고 어쩌면 더 쪘고, 그리고 다시는 빠지지 않는 체질로 변해갔다.

몇 년을 살과의 싱강이를 벌이던 나는 하는 수 없이 이 나이 듦과 살찜을 받아들이기로 마음먹었다. 그래, 언제까지 젊었을 때처럼 날씬한 청바지를 입겠어? 그리고는 큰 치수의 옷을 샀다. 괜찮을 거라고 생각했다. 그러나 다른 종류의 고통은 계속되었다.

예를 들면 이런 것이었다. 아침에 일어나 단 홍차와 단 빵을 먹는다. 갑자기 느끼하게 느껴지면서 김치찌개가 먹고 싶다. 김치찌개를 먹는다. 그러면 문득 짜장면이 먹고 싶다. 그러다가 다시 라면을 끓여 먹을까로 생각이 이동한다. 다시 디저트로 바나나와 아이스크림…….

이것은 극심한 고통이었다. 나는 하루 종일 식욕과 싸웠다.

그것이 너무나 고통스러웠다.

어느 날 이런 생각이 들었다. 생각해보면 평생 내가 위기에
처할 때마다 나를 구했던 생각은 이런 것이었다.
'한 번뿐인 내 인생 이런 식으로 살다 죽기는 싫다.'

나는 내가 사랑하기로 결심한 나의 육체를 돌보기로 결심
했다. 아침에 일어나 거울 속의 얼굴을 보고 "안녕, 세상에서
제일 예쁘고 소중한 나님, 널 사랑해!" 하는 말을 열심히 하고
있던 어느 날, 나는 샤워하기 전 내 벗은 몸을 바라보았다.
사실 우리 세대는 몸이 부끄러운 것이었다. 내가 내 몸을
제대로 쳐다본 것은 어쩌면 그때가 처음인지도 몰랐다. 가슴
은 늘어지고 겨드랑이는 두툼하고 허리선은 사라졌고 배는
불룩했다. 전신 거울 앞에서 나는 힘겨웠지만 내 몸을 끝까
지 바라보며 말했다.
"괜찮아. 아름다워. 살찌면 어때, 아름답고 소중해. 누가 뭐
라든 내 눈에는 네가 아름다워."
내 얼굴을 보고 "너는 세상에서 가장 소중하고 아름다워"
할 때보다 힘은 더 들었다. 다들 아시겠지만 말이다. 그러나

그럼에도 불구하고 했다. 기회가 될 때마다, 샤워하지 않고 옷을 다 입은 채로도 했다. 힘겨웠지만 그럼에도 불구하고.

결심도 했다. 왜 그런 결심을 하게 되었는지는 모르겠지만 이런 생각이 들었다.

'내 몸을 억압하지 않을 거야. 절대로 내 몸을 미워하지 않을 거야. 아름답다고 칭찬해줄 거야. 그리고 먹고 싶은 것을 해줄 거야. 내가 제일 사랑하는 내게 맛있는 것을 만들어줄 거야.'

아름다운 식탁에서 밥을 먹자는 약속과 배고프면 언제든 가장 먹고 싶은 것을 내게 제공하겠다는 결심은 비슷한 시기에 이루어졌다. 배가 고프면 참지 말고 먹기로 했다. 대신 이것은 다른 약속을 동반하는 것이었다.

'배가 고프면 언제든 먹는다. 다만 배가 고프지 않으면 먹지 않는다.'

'먹고 싶은 것을 다 먹는다.'

'가장 아름다운 식탁을 제대로 차려 먹는다. 서서 허겁지겁 입에 넣고 다른 일을 하거나 핸드폰을 들여다보며 습관적으로 입에 넣는 일은 하지 않겠다. 제대로 된 식탁에서 제대

로 먹는 일만 하겠다.'

'나는 뚱뚱하다 해도 아름답고 소중하고 사랑받는 존재이므로 먹는 것을 억압하지 않겠다. 먹는 것도 인생의 한 부분이므로 정말 즐겁고 소중한 일이다.'

아침부터 고기를 구운 것도 이 무렵이었다. 고기에는 꼭 채소를 곁들여 손님상처럼 차렸다. 채소가 없으면 김치라도 많이 곁들였다. 배가 고프면 언제든 내게 상을 차려주되 나 자신에게 꼭 물었다.

"배가 고픈 거 맞지? 그냥 출출하거나 그냥 입이 궁금하거나 하는 거 아니고?"

열 번에 여덟 번은 배가 고프다고 나는 대답했다. 두 번은 조금 아니었다. 그 두 번의 경우 나 자신에게 말했다.

"언제든 먹을 수 있어. 언제든 네가 원하는 것을 먹을 수 있어. 그러니 한 시간만 더 기다려보자. 정말 배가 고파지면 줄게."

그건 어렵지 않았다. 한 시간 후면 나는 멋진 식탁을 마주할 테니까. 그런데 약간 이상한 일이 일어났다. 아까는 분명히 먹고 싶었는데 그 한 시간이 지난 후 별로 먹고 싶지 않아지는 경험이 늘어나기 시작했다. 그 한 시간 동안 나는 꽃밭에 물을 주거나 마당에 난 잡초를 뽑거나 음악을 들었다. 나는 서서히 배가 고픈 것과 그냥 먹고 싶은 욕망을 구분해가기 시작했다. 아니 이것조차도 의식하지 않았다. 배고프면 먹고 배가 고프지 않으면 조금 기다린다. 이것은 크게 신경을 쓸 일이 아니었다.

두세 달이 지나자, 신기하게도 열 번의 여덟 번은 그리 배가 고프지 않았다고 나 스스로 대답했고 나중에는 너무 식욕이 없어져서—그러나 의식하지 않고—약간 두렵기까지 했다. 일부러 하루에 한 끼를 먹으려고 노력한 날도 있었다. 작아서 버리려던 옷들을 다시 입기 시작했고 내가 봐도 핏이 살아나기 시작했다. 그렇게 2년의 시간이 흘렀다. 나는 그렇게 많이 살이 빠지지도 않았는지 모른다. 그러나 이제 나는 확연히 다른 삶을 사는 것은 확실하다. 내 식욕에 대해 죄책감을 갖지 않는다. 하루에 네 끼를 먹는 날도 있고 (친구들이 오면 가끔 다섯 끼도 즐겁게 먹는다) 하루에 한 끼를 먹는 날도 있다. 생명에 지장이 없다. 그리고 나는 각오가 되어 있는 사람이다. 내가 마르든 살찌든 나는 나를 이제는! 사랑하니까.

세상에는 장미도 있고 채송화도 있다. 백합과 모란도 있다.

벚꽃과 소나무. 어느 것이 더 아름다운가? 다리가 긴 사슴과 다리가 짧은 웰시 코기 강아지가 있다. 어느 것이 아름다운지 누가 말할 수 있는가?

'나는 나 자신으로 아름다울 뿐이다'라고 생각하기 시작했다. 그러자 모든 것이 변했다.

한마디 친절한 말로
산더미 같은 증오를
이길 수 있다

내 방황이 시작될 무렵, 나에게 커다란 영향을 주었던 사람 중에 스캇 펙 박사가 있다. 그는 하버드 의대를 나온 박사이며, 부유한 미국 동부의 중산층에서 태어난 소위 미국의 지배세력 WASP(White화이트, AngloSaxon앵글로색슨, Protestant기독교)이다. 그는 미국 동부의 여느 상류층이 그렇듯 기숙학교를 다녔고, 상류층 자제들과 어울리며 그들과 그들 가족들의 지독한 위선에 어린 시절부터 몸서리를 치게 되었고, 보통 사람이 경험하는 사춘기의 방황보다 더한 방황을 겪는다. 그리하여 그의 일생을 뒤바꿀 만한 사건을 10대에 경험하는데, 그것은 바로 기숙학교를 뛰쳐나온 것이다. 그의 아버지는 화가 머리끝까지 나서 그에게 소리친다.

"학교로 돌아가라, 아니면 너를 정신병원에 처넣겠다."

열몇 살 어린 소년인 그는 그 밤을 꼬박 새워 고민한 후 거기서 뜻밖에도 정신병원에 가겠다는 선택을 스스로 한다. 입원까지는 아니지만, 처음으로 정신과 상담을 받게 되었고 끝내 위선적인 상류층의 기숙학교로 돌아가지 않았다. 그는 그 결정을 지금도 잘한 것이라고 회고한다. 아무튼 그 후로 그는 미군 의사가 되어 전 세계를 돌아다니며 책을 집필하면서 미국 최대의 지성인으로서 자리매김한다. 뉴욕 타임스 베스트셀러 1위에 오른 것만 해도 여러 번이었다. 내가 처음 집어 든 그의 책이 아마도 『아직도 가야 할 길』인데 그 책은 이렇게 시작한다.

삶은 고해다.

이어서 그는 말한다.

또한 삶은 문제의 연속이다. 삶이 힘든 것은 문제를 직면하고 해결하는 과정이 고통스러워서다. 하지만 당면한 문제를 해결하는 이 모든 과정 속에 삶의 의미가 있다. 문제란 사라지지 않는다. 문제는 부딪쳐서 해결하지 않으면 그대로 남아 영혼의 성장과 발전에 영원히 장애가 된다. 다른 사람이 우리를 대신해 문제를 해결해주기 바라면서 문제를 해결할 수는 없는 것이다. 우리가 우리 행동에 책임지는 것이 어려운 이유는 그 행동의 결과로 따라오는 고통을 피하고 싶어서다. 책임이 주는 고통을 피하기 위해 수백만, 수천만의 사람들이 매일 자유로부터의 도피를 시도한다. 삶이란 온통 개인적 선택과 결정의 연속임을 알아야 한다. 완전히 이것을 받아들일 수 있으면 자유로워진다. 이를 받아들이지 않는 한, 각자는 영원히 희생자로 남을 뿐이다.

나는 고통이 있거나 인생이 막막하다고 느낄 때 주로 책에서 답을 찾는 사람인데 이 책을 읽어가며 그걸 느꼈다.

책의 첫 구절 "삶은 고해다"라는 것 역시 나를 변화시킬 것을 예감했다. 나는 이 책을 다섯 번쯤 읽었다. 삶과 고통, 인생의 의미에 관심이 있으신 분들은 읽어보시길 바란다. 여기서 이 책에 대한 소개를 더 하는 것은 이쯤에서 멈추고 나는 그의 통찰 하나를 소개하려고 한다. 아무리 강조해도 지나치지 않은 '나 자신'에 대한 이야기를 하기 위해서다.

그는 미군의 정신과 담당의로 10여 년을 일하면서 수많은 다양한 사람들을 만날 기회를 얻는다. 그리고 그는 거기서 어떤 통계를 얻어낸다.

먼저 그가 한 실험은 사람들에게 A4 용지 같은 것을 한 장 주고 이 세상에서 가장 소중한 것 하나를 적어내라고 하는 것이었다. 사람들은 보통 그 백지를 받아들고 고민에 빠지게 되는데 오직 하나만 쓰라는 조건 때문일 것이었다. 결국 사람들은 고민 끝에 대개는 비슷한 답을 내게 되는데 여기서 미묘한 차이가 발생한다. 그것은 '나 자신'이라고 쓴 사람들과 '나의 자존심'이라고 쓴 사람들이 있었다는 것이다.

여러분은 이 두 단어의 차이점을 아는가?

나는 구분할 수 없었다. 내가 내 자존심이지, 어떻게 이 둘이 다르다는 말인가? 그러자 그가 말한다. 둘 중의 하나가 가장 소중한 것이라면 어떤 순간 우리는 하나를 희생할 수 있다. 즉 내 자존심이 가장 중요하다면 어떤 순간 나는 내 자존심을 위해 나 자신을 희생할 수 있는 거고, 우리는 어쩌면 이 회로에 익숙해 있다는 것이다. 어린 시절 나를 야단친 엄마에게 복수하기 위해 배가 고프면서도 엄마가 차려놓은 식탁을 거부하며 "안 먹어!" 하고 말하던 습관이 이와 비슷한 경우다. 연인과 싸우고 난 후 자존심이 상하자 그가 사과를 하고 화해를 하려 하는데도 거부하고 계속해서 싸움을 이어가려던 태도 같은 것도 그렇다. 그때 나는 내가 사랑한다고 생각하는 그 사람보다 그리고 그를 사랑하는 나 자신보다 내 자존심을 우위에 놓는 것이다.

거꾸로 나 자신이 중요한 사람은 자기 자신을 위해 자존심을 가끔은 내려놓기도 한다. 수많은 위인들이 역경 속에서 이런 식으로 자신을 지켜왔다. 수많은 엄마와 아빠들이 일터에서 자존심을 내려놓고 나 자신과 나 자신이 사랑하는 아이들의 미래를 위해 자존심을 잠시 미루어 두며 살아왔다. 아까 예를 든 대로 엄마가 나를 혼냈다 해도 나 자신을 위해서 내가 좋아하는 달콤한 아이스크림을 받아들고 감사합니다, 하고 먹으면 된다. 화해하려는 연인과 목숨 걸고 싸울 필요도 없다. 나 자신이 원하는 것이 그와 잘 지내는 것이라면 잠시 자존심을 내려놓고 잘 지내면 된다. 정말 돌이킬 수 없이 치명적인 상처를 입었으면 그 자리에서 돌아와 조용히 관계를 정리하면 된다. 나 자신을 위해서 어떤 경우에도 품격을 지켜야 한다.

이 둘의 구분은 내게 많은 영향을 주었다. 물론 쉽지 않았다. 왜 그런지 모르겠지만 아무튼 좋은 것은 다 어렵다. 그럼에도 불구하고 나는 매 순간 나 자신에게 묻곤 했다. 이건 네 자존심을 위해서인가 네 자신을 위해서인가.

나는 강가의 의자에 앉아 낡은 책을 꺼내 들었다. 후배가 홀로 목욕을 하는 동안 나 자신에게 좋은 것을 주기 위해서 이다. 분명 나의 것일, 붉은 밑줄과 별표와 메모들이 빼곡하 다. 나는 내가 한때 얻어냈던 치유를 잊었음이 틀림없다. 그 러지 않고서야 여기 이 구절들이 다시금 전율로 달려들 리 없을 테니.

광야는 빗물로 회복되고
얼굴은 눈물로 구원된다
사랑할 때 우리는 반드시 문제에 부딪힌다
수치는 우리가 아무것도 아닌 무가치한 존재라고 말한다
그러나 진실은 이것이다
사랑할 때 우리는 한 사람의 따뜻한 눈빛 하나로
적대적인 무리의 살벌한 눈초리에 담대히 맞설 수 있다는 것을
깨닫는다
한마디 친절한 말로 산더미 같은 증오를 이길 수 있다

당신이 만일 이 사람의 생각에 동의한다면 그러니까 사랑하는 사람의 따뜻한 눈빛 하나로 한마디 친절한 말로 잿더미 같은 현실에서 한 오라기의 위로라도 받은 일이 있는 사람이었다면 그 눈빛을 나에게 주고 그 따뜻한 위로를 오늘 당장 나에게 주자. 한마디 말과 따뜻한 눈빛. 설사 이 세상 누구도 내게 그런 걸 주지 않는다 해도, 그럼에도 불구하고 그걸 내가 나에게 주면 되지 않는가. 나를 가장 사랑하고 있고 사랑해야 하고 사랑할 수 있는 사람은 나이므로.

외모에 대한
일절 품평을
사양합니다

하나님은 우리의 삶에 피해와 상처를 허락하심으로서 우리를 어리둥절하게 만드신다. 그러나 이상하게도 바로 그 상실 속에서 그분은 당신의 사랑을 확증해주신다. 신기하고도 미칠 것 같은 방법으로 말이다.

(…)

우리가 인생에서 가장 살아 있을 때, 그때는 바로 상처받을 때이다. 자신을 구원할 수 없는 무력감을 가장 절실히 느끼는 것도 상처받을 때이다. 내가 마음을 열기만 하면 내 밖에서 나를 구원하고 치유할 힘이 있다는 가능성을 느끼는 것도 상처받을 때이다.

날마다 반 권의 책을 읽어내려던 계획은 날마다 실패를 하고 있으나 이 책을 꺼내 든 것만으로도 나의 하루는 복되다.

목욕을 마친 후배가 살며시 강가의 내 곁으로 다가와 앉았다.

"언니, 목욕 끝나고 언니 말대로 내 몸과 얼굴을 바라보려고 했는데, 보고서 사랑한다 너는 이 세상에서 제일 예쁘고 소중하고 사랑스⋯⋯."

후배가 말을 다 잇지 못하고는 고개를 뒤로 젖히고 푸하하하 웃었다. 물론 나도 웃었다. 우리는 둘이 한참 웃었다.

다시 말하지만 나 자신을 사랑한다는 것은 무척이나 진중하고 노력이 필요한 일이다. 그것은 여자들의 뚱뚱함이 개그 프로의 소재로 사용되는 요즈음에 불가능한 일이기까지 하다. 당연한 것은 없다. 나는 그런 개그 프로를 비판하고 보지 않는다. 나는 얼마 전 젊은 여성들이 했던 탈코르셋 운동을 지지한다. 그러나 그럼에도 불구하고 아침마다 나는 브래지어는 물론 끔찍한 코르셋도 입을 수 있다. 내가 원하는 것이 편안함보다 날씬함이라면 나 자신을 위해 까짓것 그것 하나 못 해주겠는가? 중요한 것은 누구의 시선으로 인생을 살아갈 것인가이다.

후배가 말했다.

"언니 사실 20대 초반에 처음 입사했을 때 내가 정말 열심히 일해서 막 칭찬받고 조금 더 빠르게 승진하고 그랬거든. 그때 어느 날 내 동기 남자가 나를 보더니 비꼬는 말투로 '그렇게 화장하고 짧은 치마 입고 다니면서 승진하니까 좋지?' 했어. 나는 그 시선을 잊을 수가 없어. 그래서 나는 그때부터 바지만 입고 화장도 하지 않고 외모를 가꾸지 않았던 것 같아."

나는 후배에게 물었다. 3분 이상 곰곰 생각한 후에 대답해주기를 바란다. 너는 누구의 시선으로 인생을 사는가? 너는 누구의 시선으로 자신을 보는가? 혹은 누구의 시선으로 자식이나 아이들을 보는가? 이런 생각을 해본 적은 있는가?

그래, 이 질문을 하고 있는 나는…… 예전에 그 질문을 스스로에게 던졌다. 내가 잘나서가 아니라, 고통이 나를 그렇게 하게 만들었다. 내가 겪은 남다른 고통이, 상처가, 너무 아팠다. 그래서 그런 질문이라도 해서 어떻게든 나를 건강하게 만들고 치유하고 살아가야 했다. 그래서 가끔, 그럼에도 불구하고 나는 고통에 감사하기도 한다.

얼굴이 알려진 사람으로서 내가 대중을 만났을 때 처음 듣
는 소리 중 가장 두려운 소리가 무엇인지 고백해본다. 그것
은 "사진을 참 잘 받으시는군요"이다. 나는 그런 소리를 할 때
마다 겁에 질려 어쩔 줄 몰랐다. 내 안티들이 말하는 대로 "얼
굴이나 팔아 책을 장사하려는" 사기꾼처럼 느껴져서였을 것
이다.

차라리, "실물이 훨씬 이쁘세요" 하는 말이 맘이 편했다. 그
런 사람들에게 "감사합니다"라고 하기까지 했으니까. 오랜만
에 만난 지인이 "얼굴이 참 상했네" 하면 하루 종일 어쩔 줄을
몰랐다. 더 괴로운 것은 정말 오랜만에 만난 지인이 "너도 늙
는구나" 하며 내 얼굴을 빤히 보고 있을 때였다. 가뜩이나 사
람들이 많은 곳에 가기 두려워하는 나는 더 어색해지고 있었
다. 나는 점점 더 사람들이 두려웠다.

그러던 어느 날 내 인생에서 좀 특별한 사건이 일어났다.
지역적으로 몹시 보수적인 어떤 동네였다. 나는 강사로 초대
받아 갔다. 그 지역 자치단체가 주최하는 강연이었다. 담당
자인 여자분들이 연락이 와서 KTX역에서 만나기로 했다.
그들은 내게 강의 전에 점심에 초대하고 싶은데 이곳 자치단

체의 여러 간부들이 함께 식사하고 싶어한다고 했다. 모르는 사람과 밥을 먹으면 체한다고 정중히 거절하자 여성 직원들이 그럼 마중을 나가는 자기네 직원 두 명과만 식사를 하자고 했다. 기차에서 내린 후 강연까지 시간도 남고 해서 승낙했다.

당일 그들을 만나 식당에 들어가 앉으려는데 일군의 남자들이 들어왔다. 나와 점심을 먹기로 한 여성들이 당황하며 일어났다. 바로 나와 점심을 먹고 싶다고 했다가 거절당했던 그 자치단체 간부들이었다. 그들은 이왕 이렇게 된 것이니 합석을 하자고 했고 지역이 작으면 그럴 수도 있지 싶어 나도 더 고집을 부리지 않았다. 나를 담당한 여성 직원들을 제치고 내 앞과 옆자리에 앉은 그들은 자리에 앉자마자 내 얼굴을 빤히 보더니 말했다.

"공 작가님 사진보다 훨씬 미인이시네요."

그러자 그 옆의 사람도 말했다.

"그러니까요. 참 예쁘세요."

목이 콱 막혀왔다. 불쾌감이 나를 휩쌌고, 이제 든든히 먹은 나이의 힘 때문인지, 나는 입을 열었다.

"죄송합니다만 힘들고 불편합니다. 제게 외모에 대한 말씀은 하지 말아주십시오."

그러자 그들은 약간 웃기까지 하며 다시 말했다.

"하하 이쁘다고 하는데 왜 그러십니까?"

예쁘다고 하면 모든 여자들이 다 기뻐 날뛸 거라 생각하는 관습이, 여자라면 그 누구에게라도 서슴지 않고 예쁘다 아니다를 말하는 이 분위기가 정말이지 싫었다. 나는 이제 나를 사랑하도록 오래 연습한 사람이라 목소리를 낮추는 것이 가능했다. '나는 소중하고 나는 우아하고 품격있을 것이다'라고 연습해 오지 않았던가.

"제가 오늘 처음 만난 여러분에게 제 얼굴에 대해 품평을 당할 이유가 없습니다. 저는 얼굴 때문에 여기 강사로 초대받은 것이 아닙니다. 게다가 이곳은 예의가 많은 곳이라 들었습니다. 남녀 사이에 '예쁘다'라는 말이 어떤 뉘앙스로 쓰이는지도 기억해주시기 바랍니다. 저는 제가 쓴 책에 대해서라면 몰라도 외모에 대한 일절 품평을 사양합니다."

그들의 얼굴이 흙빛이 되었다. 몇 사람이 낮은 소리로 "예쁘다는데 왜?" 했다. 여전히 그랬다. 나는 불쾌감을 감추지 않았다. 나를 사랑하기 전의 나라면 불쾌함을 표현하지도 못했을 것이고, 어쩌다 표현했다면 어색해진 분위기가 정말 미안해졌을지도 모르겠다. 그러나 그날은 그러지 않았다. 그들은 내 강연에 오지 않았다. 나중에 여직원들이 킥킥 웃으며 말했다.

"작가님, 저 남자분들 영원히 오늘을 잊지 못할 거예요. 세상에 태어나 여자에게 저런 말 처음 들으셨을 테니까요. 잘하셨어요. 속이 다 시원해요."

그 후에도 몇 번이나 비슷한 일이 일어났다. 한번은 "문단의 미스코리아 진"이라고 나를 표현한 사회자가 있었다. 그도 그 지역 유지라고 했다. 강연 초미에 그것에 대해 말했다. 이런 표현은 손님과 강사에 대한 예의가 아니신 듯하니 다음부터 여성 강사에 그런 표현을 해주시지 말기를 부탁드렸다. 그날 유튜브 촬영이 그래서 취소되었다고 했다. 내게 강연을 요청하는 지자체 수가 줄어들었다.

어려운 말이나 행동을 할 때, 그것을 하고 나면 분위기가 얼어붙을지도 모르고 또 불이익이 올 것이 뻔할 때 내가 행동하는 기준이 하나 있다. 그것은 이것이다.

"내가 지금 하려고 하는 이 일을 하는 것이 앞으로 나를 더 사랑하는 데 도움이 될까, 아니면 나 자신을 비겁하고 혐오

스럽게 여기는 데 더 도움이 될까?"

우리 아이들은 공부를 잘하지 못했다. 어린 시절부터 거의 반에서 1등을 놓쳐본 일이 없던 나는 아이들이 공부를 못하는 게 이해가 되지 않았다.

아이를 데리고 밤까지 공부를 시켜보았다. 그래도 아이의 성적은 오르지 않았다. 자, 이제 문제 해결의 방법이 놓여 있다. 그래도 끝까지 아이를 밀어붙이고 때리고 혼내고 닦달하고 괴롭혀서 공부를 아주 약간이라도 더 잘하게 할 것인지 아니면 여기서 아이가 공부 잘하기를 바라는 나 자신을 성찰할 것인지.

우리를 앞서 살아간 성현들의 좋은 말씀 중에 "나 자신"이라는 부분에 이런 뼈아픈 진실이 있다.

"네 자신이 변화시킬 수 있는 유일한 사람은 네 자신이다."

그래서 지금, 여기, 나 자신이라는 원칙을 지키기 위해 나는 나 자신을 살펴보았다.

그 경로는 다음과 같다.

"아이가 공부를 잘하기를 원하느냐(마치 예수가 병자에게 묻듯이 묻는다)?"

" 그럼 당연하지. 공부를 잘했으면 좋겠어."

"얼마나 잘했으면 좋겠는데?"

"솔직히 내 맘대로 아이를 다시 만들어내라면 엄청 잘해서 전교 1등은 물론 전국 수석도 하고 그러면 좋지."

혹은,

"아니야 최소한 낙제는 하지 말아야지. 꼭 서울대나 하버드 가길 바라는 게 아니야. 그저 자기 자신에게 부끄럽지 않을 정도만 했으면 좋겠어(이렇게 해도 이리저리 경로를 거쳐 답은 같다)."

"그러면 뭐가 좋은데?"

"무슨 소리야, 공부 잘해서 나쁠 게 뭐 있어?"

"그래, 나쁠 건 없겠지만 뭐가 좋은데?"

"그걸 꼭 말로 해야 해?"

"응 굉장히 중요해 이 부분이! 말로 정확히 하는 거."

"그럼 좋은 대학 갈 거고, 그러고 나면 좋은 직업 얻고, 그러고 나면 돈 많이 벌고, 그러고 나면 좋은 사람 만나고, 인생이 잘 풀리겠지. 그러면 행복하잖아."

"정말 그렇게 생각해? 네 주변에 전국 수석 한 그 사람, 네 주변에 하버드 나온 그 사람들 행복은 둘째치고 정말 좋은 직업 얻고 정말 좋은 사람 만났고 정말 인생 잘 풀리고 그래?"

"……꼭 그렇지는 않지."

"그러면 뭐가 좋지?"

이쯤 되면 내 마음의 한 꺼풀이 스르르 내려가고 마치 피부 표면 아래에 있는 진피층처럼 다른 목소리가 들려온다.

"솔직히 우리 애들, 혼자 잘나고 말썽쟁이 엄마 만나 고생했는데 공부라도 잘해서 반듯하면 좋잖아."

"애들이 그런 엄마 만나 고생했는데 그걸 공부로 보상하면 좋다고 말했어? 그걸 원해?"

"그건 아니지만, 엄마로서 바라보자면 내가 이혼도 하고 그랬는데 애들이라도 반듯하게 크면 좋잖아. 안 그러면……."

"안 그러면?"

"엄마 때문에 애들이 저렇게 되었다고 할 수도 있잖아."

"엄마 때문에 그랬다고 치면 누가 힘든데?"

"다 힘들지."

"너도?"

"당연히 나도 힘들지. 애들도 힘들 테니까."

"그게 네 이혼 때문이고 공부 못하면 애들이 힘들다고 말한 적이 있어?"

"아니."

"그러면 네가 힘든 거네……."

만일 당신이 마음의 암반에 도달했다면 다시 말해서 생각의 끝에 도달했다면 늘 그렇듯 마음이 몹시 아프다. 완고했던 생각의 암반들이 자리를 바꿔 앉아야 하기 때문에 가끔은 지진 같은 충격이 오기도 한다. 그것도 일종의 상처이다. 마치 고름을 짜내기 위해 종양에 내는 상처 같은 그런 상처.

생각의 암반층에 도달하고 나면 스스로 안다. 생각이 그 끝에 도달했는지 아닌지. 아직 마음이 아프지 않다면 더 가야 한다고 나는 충고해드리고 싶다.

이쯤에서 나는 운다. 빈속에 소주를 마실 때처럼 식도가 찌르르하기도 하다. 나는 알아낸 것이다. 아이가 공부 잘하기를 바랐던 것은 물론 아이를 위해서인 것도 당연히 있지만 그게 다가 아니었다고. 내가 자랑하고 싶고 내가 잘못 산 것을 아이를 통해 면죄 받고 싶어서라는 것을. 그것은 너무 유치하고 너무 단순해서 내 생각의 목록에는 절대 없었던 것이다. 인간은 이토록 치열하다. 스스로 위선을 만들어내느라고.

생각의 암반에 도달한 사람은 절대로 같은 사안으로 더는 고뇌하지 않는다. 나는 두 손을 들었고 이후 공부에 대해서는 완전히 너그러워졌다. 아니다. 나는 여기서 용어를 바꾼다. 자유로워졌다.

가끔은 위선이 훨씬 좋다. 훨씬 편하다. 훨씬 원만하게 일을 풀어나가는 성숙한 방법처럼도 느껴진다. 게다가 진실은 가끔 우리에게 치명적인 상처를 주기도 한다. 31번 확진자가 나와 코로나바이러스 감염자가 4명에서 1천 명으로 늘어났을 때 한국 정부는 속이지 않고 정면으로 승부했다. 일본 정부는 올림픽 개최를 앞두고 환자를 숨기고 적발해 내지 않았다. 그런데 신기하게도 전 세계는 이 모든 것을 적발해 내고 자기 나라가 병들었음을 전 세계에 알리는 대한민국을 모범으로 삼았다. 한동안 일본은 마치 환자가 거의 없는 것으로 보였다. 그러나 아무도 그 나라를 안전하다고 말하지 않았다. 잘 생각해보자. 신기하지 않은가? 남들은 다 안다는 것이.
그러니 그럼에도 불구하고 우리는 우리 마음속에 똬리 튼

거짓과 위선을 적발해 내야 한다. 위와 같은 긴 과정을 거쳐서라도 스스로의 거짓들을 찾아내야 한다. 왜냐하면 신발 속에 든 작은 돌멩이처럼 그것은 우리를 끝없이 그리고 궁극적으로 불편하게 하고 성장하지 못하게 한다. 긴 경주에서 다른 아이들이 다 달려갈 때 우리가 멈추어 서서 신발 속의 작은 돌을 빼내려 한다면 우리는 어쩌면 많이 뒤처질지도 모른다. 그럼에도 불구하고 우리는 멈추어 서서 돌멩이를 빼낸다. 그것은 불편함을 제거하려는 것도 있지만 나중에는 우리를 더 빨리 달리게 해줄 수 있다는 것을 알기 때문이다.

어떤 방식이든
굳어졌던 것이 움직이려면
우리는 아프다

나는 후배 H에게 말했다.

"불교 우화 중에 그런 이야기 알지? 어떤 스님과 제자가 길을 나서는데 커다란 개울을 만나. 옷을 벗고 들어가야 하는 상황이었지. 스님은 개울을 건너려고 옷을 벗으려는데 개울가에 한 여자가 서 있는 것을 발견하지. 여자는 다가와 스님에게 자신을 업어서 개울을 건네줄 수 있는지 물어. 스님은 뜻밖에도 흔쾌히 그러겠다고 하잖아. 이걸 본 제자는 놀랐지. 젊은 여자를 업으면 살이 닿고 어쩌면 엉덩이를 만질 수도 있는데 수도승이 어찌 그럴 수 있을까 싶어서 말이야. 여자를 업고 개울을 건넌 후 다시 여자를 내려준 스님은 다시 옷을 입고 길을 떠나지. 수도승의 얼굴은 태연했어. 제자는 망설이고 망설이다가 드디어 묻게 되지.

'스승님 어떻게 그 여자를 업고 물을 건너실 수가 있으셨나요? 수도승이 그래도 되는 겁니까?'

그러자 스승이 대답하지.

'여자? 이놈아 그게 벌써 한 시간 전 일이구나. 나는 개울을 건너자마자 그 여자를 내려놓았는데 너는 아직도 그 여자를 업고 있느냐?'

그 이야기 말이야."

"알지."

후배가 대답했다.

"너에게 '짧은 치마 입고 화장하고 다니면서 승진하니까 좋지?' 했던 그 남자는 그 말을 기억조차 못 할 것 같은데 넌 그 남자를 아직도 데리고 다니면서 곱씹고 있는 거야?"

후배가 잠시 후 대답했다.

"그런가? 그건 아닌데… 그런 오해 받기 싫어서 그때부터 의식하고 화장도 안 하고 짧은 치마 같은 것은 절대로 입지 않았던 것 같아."

내가 대답했다.

"잘 생각해봐……. 그건 네가 그때 실제로 그런 생각이 있었기 때문일 거야. 짧은 치마라도 입어서 윗분들에게 잘 보이고 싶다. 결국 네가 데리고 다니는 것은 그 남자가 아니라 네 무의식?"

"언니!"

후배가 가당치 않다는 듯이 반박했다.

"잘 생각해봐……. 나도 그랬는지 모르겠어서 그래. 얼굴로 책 판다는 말이 왜 그렇게 싫었을까 많이 생각하다가 하는 말이야. 진실을 건드리지 않으면 우리는 크게 움직이지 않아. 그 진실이 우리가 좋아하는 것이든 싫어하는 것이든…… 지금 대답할 필요는 없고."

후배는 입을 다물었다. 강물이 흘러가서 다행이었다. 우리는 함께 강물을 바라보았다.

오후가 되면 우리집 앞 섬진강에는 상류로부터 흘러 내려온 윤슬들이 고인다. 윤슬이 무엇인지 말씀드리고 싶다. 우리가 물을 볼 때 반짝! 하고 빛나는 그 구슬 같은 알갱이 그것의 순우리말이다. 내가 하루 종일 강가에 앉아 있노라면 햇살의 변화와 함께 윤슬들이 몰려든다. 우리집은 서향을 향해 있어서 오후가 되면 상류로부터 흘러내린 윤슬들이 재잘거린다. 반짝반짝 반짝반짝!

후배 H는 내 책을 다 읽은 사람이었다. 내가 여러 책에서 썼던 글귀, 안셀름 그륀의 『너 자신을 아프게 하지 마라』에 나오는 그 말. 내 인생을 송두리째 바꾸어놓았던 그 말의 의미를 너무 잘 알고 있는 사람이었다.

현대인은 늘 피고인석에 앉아 있으면서 모든 사람을 상대로 자기 자신을 해명해야 하는 그릇된 표상을 지니고 있다.

이 글귀를 읽은 날, 나는 술 약속에 나갔다가 많이 취해버렸다. 그리고 말했다.

"나는 저 의자에 다시는 앉지 않을 거야! 오늘부터 내 배심원들 다 해고야!"

돌이켜보면 내 술주정 중 가장 훌륭했던 말.

"생각나?"

내가 다시 물었다.

"나지."

후배가 대답했다.

"너 지금 오래도록 그 피고석에 앉은 거였잖아."

후배가 굳어지는 것이 느껴졌다.

심리학자들은 말한다. 사람이 열 모이면 그중의 셋은 나를 좋아하고 셋은 나를 싫어하며 나머지 넷은 별 관심이 없다. 여기서 다섯이 좋다고 하면 당대 최고의 인기 스타일 것이고 다섯이 싫다 하면 국민 패륜아일 것이다. 장담하건대 그중 넷은 그 순간에도 다른 생각을 하고 있을 것이다. 당신에게 전혀 관심이 없다는 말이다.

이 말을 하다 보니 내 인생의 또 한 모퉁이가 떠오른다.

서른 초반의 일이었을 것이다. 지금이야 혼밥이 아무 일도 아니지만, 그 당시 여자 혼자 식당에 가는 일은 말하자면, 불가능했다. 남자들이라도 역전이나 선술집에서 혼자 술이나 국밥을 먹는 사람을 신비하고 이상하게 사연 있을 법한 사람으로 묘사하던 때이니 짐작을 하실지 모르겠다.

배는 고팠다. 심지어 장소는 시내, 시간은 직장인들의 점심시간이었다. 아마도 명동 아니면 충무로 근처라고 기억되는데 나는 거리에 서서 연탄불에 은은히 구워지는 삼치 냄새를 맡게 되었다. 흰 와이셔츠를 입은 수많은 사람들이 식당으로 몰려 들어가고 있었다. 평소의 나라면 결코 그 자리에 들어가지 못했을 것이다. 그런데 배가 고픈 것도 고픈 것이었지만 그날은 한번 그래 보고 싶었다. 말하자면 아무리 작은 것이지만 그냥 모험을 한번 해보고 싶었다. 나는 다짐했었다. 정 괴로우면 그냥 나오면 되지. 다 안 먹고 중간에 나오면 되잖아. 나는 했다. 내 인생의 작은 물줄기 하나를 살짝 바꾸는 일을 말이다.

눈을 뜨고 있었지만 거의 감고 있는 심정으로 식당에 들어가 앉았다. 나는 최대한 자연스러운 표정을 지으려고 노력하면서 삼치구이 백반을 주문했다. 이어 맛나게 구워진 식사가 나왔고 나는 거의 접시에 코를 박은 채로 밥을 먹었다. 머릿속으로 수많은 군중이 나를 바라보며 이야기하는 듯했다.

"저 여자 좀 봐. 이 시간에 회사 유니폼을 입은 것도 아니고 청바지에 운동화를 신고 혼자 밥을 먹다니 대체 무슨 사연이 있는 것일까?"라거나 "세상에 뭔 일이야? 여자가 이 시간에 혼자 이런 식당에 들어오다니!"

그들은 나를 두고 무슨 상상을 하며 무슨 추측을 할까, 나는 점점 더 얼어붙어 가고 있었다. 괜한 짓을 했구나, 식당에 들어온 것을 후회하려던 그 무렵 문득 고개를 들었다. 그리고 나도 모르게 주위를 둘러보았다. 나를 바라보는 사람은 단 한 명도 없었다. 모두 자신들의 밥을 먹기도 바빴고 동행들과 열심히 이야기를 나누고 있었다. 밥을 입에 넣고 있지 않았다면 큰소리로 웃을 뻔했다. 그리고 그날 내 인생은 작은 모퉁이를 돈다.

"그러네 언니."

후배가 낮은 소리로 말했다.

"그노무 시키 때문에 내가 그랬네 언니."

내가 빙그레 웃자 후배가 다시 말했다.

"그노무 시키 그러니까 나."

후배는 다시 고개를 뒤로 젖히고 하하하 웃었다. 웃음 끝에 그녀의 눈꼬리에 살짝 눈물이 매달리는 것이 보였다. 그녀도 마음의 한 암반에 도달한 것이었다. 그러니 이제 그녀의 인생도 아주 미약하게나마 모퉁이를 돌 것이다.

나는 그녀의 어깨를 조금 안아주었다.

어떤 방식이든 굳어졌던 것이 움직이려면 우리는 아프다. 그럼에도 불구하고 나를 믿고 여정을 따라와 준 그녀가 예쁘게 보여서였다.

그 '남들'이
누군데?

H를 배웅하러 기차역으로 가는 길에는 어제 다 져버린 벚꽃들이 바람에 이리저리 쓸려 다니고 있었다. H는 약간 굳은 채로 앞만 응시하고 있었다. 나는 안다. 눈을 뜨고 있다고 다 보는 게 아니다. 나라고 나를 다 아는 것도 아니다. 부모라고 해도 친하다고 해도 우리는 서로에게 평생을 탐험해야 할 미지의 세계와 같다. 우리는 광활하다, 이것을 생명이라고 부를지도 모르겠다. 우리는 생각보다 광활하고 큰 존재이기 때문에 한 번의 굳은 결심 몇 번의 의지 발동으로 우리 자신을 바꿀 수는 없다. 잡동사니로 범벅이 된 서랍 속에 다이아몬드 반지가 숨어 있다 해도 우리가 볼 수 없듯이 헝클어진 마음은 명백한 아름다움조차 볼 수가 없게 만든다. 침착하게 생각하고 하나씩 나를 바꾸어 가야 한다. 천천히라고 생각해

야 한다. 영혼의 암반에 우리의 희망이 도달할 때까지 말이다. 그 암반에 나의 희망의 말뚝을 박자.

며칠 전 친구의 문자가 생각났다.
"미친년처럼 며칠을 울며 보내다가 오늘 문득 눈을 드니 꽃이 다 져버렸어……. 기가 막힌다. 인생도 이렇게 보내버릴까 봐 겁이 더럭 났어."
날마다 정원에서 잡초를 뽑듯이 마음을 돌아보고 정리하고 버릴 것과 갈무리할 것을 정하자. 매일 하면 그리 힘들지도 않으니까. 나는 예전에 이 글귀를 읽고 마음이 많이 아팠었다.

사물들에 집착하지 않을 때야 비로소 우리는 사물들을 올바로 바라볼 수 있다. 우리가 사물들을 놓아줄 때 우리는 비로소 그것들을 있는 그대로 평가하기 시작한다.

사물을 사람으로 바꾸어 생각해본다. 내가 배신당했다고 생각했던 수많은 순간들, 속았다고 생각한 수많은 시간들, 그때 나를 속인 것이 누구였을까?

"내가 스스로 했던 문답 연습 있잖아. '왜 아이들이 공부 잘하기를 바라지?' 이런 거 말이야. 그거 꼭 해. 처음엔 글로 쓰는 게 좋아. 문장을 완전히 만드는 게 좋아. '애들이 공부 잘하면 뭐가 좋지?' 이렇게. 이게 내가 비싼 돈 들이면서 정신과 테라피 받을 때 배운 거니까."

"해볼게요."

"내가 재밌는 이야기 하나 해줄게."

나는 그녀에게 이야기를 시작했다. 테라피를 받을 무렵 깊은 인상을 남겼던 일화이다. 무슨 이야기 때문인지 몰라도 어머니와 내 시선에 대한 것이 주제였을 것이다.

아버지가 큰아들이어서 작은아버지 댁이 명절이면 늘 우리집으로 왔다. 추석 무렵이라고 기억하는데 나와 동갑인 내 사촌과 나를 어머니가 시장의 옷집으로 데리고 가셨다. 그 무렵에는 추석빔이라고 해서 추석이면 새 옷을 입는 것이 명절의 풍습이었다. 시장의 양품점(이 용어를 기억하시는지)에는 예쁜 옷이 많이 걸려 있었는데 어머니는 그중 둘을 가리키면서 하나는 사촌에게 하나는 나에게 입어보라고 하셨다.

둘 다 원피스였는데 하나는 선명한 빨간색에 하얀 레이스가 둥근 깃으로 달린 거였고 또 하나는 같은 빨강인데 약간 주홍에 가까운 것으로 앞이 일자로 넓게 스트라이프 절개가 들어가 있고 그 양 가장자리에 작은 나비들이 쭉 일렬로 선 모양이었다. 나는 단박 나비 쪽이 좋아 어머니에게 그걸 입겠다고 했는데, 엄마는 사촌이 눈치채지 않게 나에게 눈짓을 하시면서 레이스 깃 쪽을 입으라고 하셨다. 나중에 생각해보니 하얀 깃 쪽이 더 비싼 듯했다. 레이스 깃 쪽은 정장풍이었고 나비 쪽은 캐주얼이라고 할까. 나는 고집을 굽히지 않았고 엄마도 왜 그런지 완강했다. 나는 울고불고하다가 결국 나비 쪽을 얻어 입고 헤벌레한 웃음으로 사진을 찍었다. 그 사진 때문인지 그 옷의 기억은 오래도록—지금도—내 기억에 선명했다. 왜 그 옷 이야기를 했는지 잘 모르겠지만, 아무튼 그 기억을 이야기하며 정신과 의사 선생님께 내가 말했다.

"생각해보니 참 내가 어리석었어요. 나중에 사진으로 보니까 레이스 깃을 단 쪽이 훨씬 세련되고 고급지고 나비는 촌스럽고 유치했더라구요."

그때 의사 선생님께서 화를 버럭 내셨다.

"아직도 엄마의 눈으로 세상을 보고 계시나요?"

굉장히 예의가 바르셨던 분이라서 나는 좀 당황했다.

"그게 아니고 객관적으로 누가 봐도 그게 예쁘고 고급지고……."

내가 우물쭈물 대답하자 의사 선생님은 화를 더 내셨다.

"내 옷 내가 입는 데 객관이 어디 있어요?"

나는 그 후로도 오래도록 멍했다.

"아, 그렇구나 언니."

H가 말했다.

"그 후로도 아주 오랫동안 가끔 그 옷들을 생각해. '나는 누구의 시선으로 살고 있는가? 나는 누구의 시각으로 나를 보고 남을 보고 판단하는가?' 하고."

"단순하고 무서운 이야기다."

H가 대답했다.

"그리고 여기서 하나 퀴즈를 내볼게. 나는 그 이후로 어찌되었을까?"

내가 묻자 H가 웃었다.

"언니는 언니의 눈으로 사물을 보시잖아요. 이제 누구보다도."

H의 단호한 대답에 내가 웃었다.

"신기하지? 난 아직도 그 레이스 쪽이 더 이뻤던 것 같아. 정말이지 혼동이 올 때 그 나비와 레이스를 생각해. 나는 아직도 60퍼센트쯤 레이스가 더 이쁜 거 같아."

우리는 함께 큰 소리로 웃었다.

기차를 타기 전 우리는 모퉁이를 돌아 순댓국집으로 갔다. 구례의 명물인 금요 순댓국집이었다. 언제나 그렇듯 점심시간이 채 되지 않았는데도 식당 앞에는 줄이 길었다.

노동과 휴식, 돈벌이와 나 자신에 대해 고민하고 있던 나는 어느 날 구례의 이 순댓국집을 발견했다. 오직 금요일에만 여는 집이다. 오전 11시에 열어 순대가 다 떨어질 때까지 영업한다. 그러면 3~4시에 문을 닫는다. 내 꿈의 가게이다.

우리는 줄을 서서 들어가 순댓국과 모둠 순대를 주문했다. 큼직한 깍두기와 구수한 국물이 일품인 이 집의 돼지 내장은 아삭거린다. 이 말의 의미를 묻지 마시길, 직접 드셔야 아니까.

이 집의 주인은 평생을 순댓국을 팔던 아주머니. 솜씨가 출중해 평생 쉬는 날 한번 없이 국밥집을 열었다가 그만 몹쓸 병을 얻어 앓아눕고 말았다고 한다. 다시 일어난 아주머니 사장님, 아니 이제 할머니 사장님은 고민 끝에 선언을 한다.

"내 순댓국 먹고 자바 기다리는 인간들을 생각하자니 내 몸이 죽겠고, 내 몸을 생각하자니 그 인간들헌티 미안하고, 그려서 말했제. 금요일엔 와. 그라문 국밥 줄팅께."

살짝 물었다.

"사장님, 일주일 내내 열 때하고 지금하고 매출이 어때요?"

돼지 내장을 썰던 사장님은 나를 보더니 활짝 웃으시며, "비슷혀. 신기하제. 비슷혀다고" 하셨다.

이해가 가는 게 이 근방의 알음알음한 사람들을 우리는 금요일에 그 집에서 다 만날 수 있다. 금요일 점심은 순댓국이다.

수학이 멋진 이유는 그것이 완전한 추상의 세계이기 때문일 것이다. 완벽한 평면의 원은 이 세상에 없다고 한다. 우리가 그렇다고 약속하는 것이다. 후배는 작별의 인사로 내가 내미는 소맥을—혼자 마셔서 미안해 언니 하며—맛있게 마시고는 말했다.

"열심히 살았어 언니, 정말 열심히 살았어. 남들이 다 부모 밑에서 공부할 때 내가 동생 도시락 싸고 저녁 반찬 만들면서 난 그러면 행복까지는 아니더라도 무언가 좋은 게 올 줄 알았어. 그런데 허무해. 모든 것이 헛바퀴처럼 돌아. 나도 가끔 생각해. 나도 남들처럼 살고 싶다."

내가 그녀를 이해할 수 없다면 거짓말이리라. 그러나 나는 말했다.

"그 남들이 누군데?"

H가 눈을 동그랗게 뜨며 물었다.

"그 남들이 다 어떻게 살았는데. 그 남들 말이야 잘 생각해 봐. 우리에게 영원한 상처를 주는 그 남들, 남들이 뭐냐니까? 남들이 보면, 할 때 그 남들."

"어 언니 그게⋯⋯."

H는 이제 곰곰이 생각하는 듯했다.

"그래, 그게 누구냐고. 너도 어느 날, 어떤 사안에서는 남들에게 그 '남들'이 되어 있겠지."

"⋯⋯그건 그렇겠지."

"사고를 세밀하게 할수록 단순하고 단단하고 힘이 세져. 네 어린 시절이 네가 아는 부유하고 행복한 네 친구 누구보다 못할 수도 있겠지. 그건 좋아. 그러니 남들이라고 하지 말고 누구라고 하자. 최소한 누구'들'도 좋아. 그러나 남들이라고 하지는 말자. 우리 최소한."

후배는 곰곰 생각에 잠겼다.

불행하다 못해, 내 옆에 있었으면 따귀라도 몇 대 갈겨주고 싶은 친구 남편이 있다. 친구는 30년 전부터 이혼을 결심했다. 그 남자는 구타, 외도, 무책임이라는 한국 남자들의 오랜 나쁜 습성에 더불어 외국에 산다는 "이점으로" 마약까지 하는 사람이었다. 모든 사람이 30년 동안 친구에게 이혼을 권했다. 그러나 친구는 그러지 못했고 15년 전부터는 남자가 집을 나가서 이 친구에게 얼굴조차 보여주지 않고 이혼을 요구하고 있는 상황이었다.

어느 날 친구가 말했다.

"지영아, 그러니까 그게 나는 괜찮은데 남들이 어떻게 볼까 싶어서 그래. 우리 애들이 결혼할 때 남들의 시선도 무섭고 세상은 생각보다 힘들어."

내가 대답했다.

"그 남이 대체 누구냐고? 네 주위의 나, 너네 엄마 언니 동생들, 네 다른 친구들, 다 너에게 이혼을 권하고 있어. 네 친구의 친구 그러니까 내 친구들까지 너더러 얼른 정리하라고 하더라. 네 반경에 있는 사람들은 모두 너의 사정을 알고 있어. 게다가 너는 서울 시장 선거에 나갈 것도 아니야. 그런데 그 남이면 친구의 친구도 아니고 먼먼 사람들…… 얼굴도 모르고 만날지 안 만날지도 모르는 그 사람들 때문에 네가 이러고 있는 거라고?"

친구는 대답하지 못했다.

"사장님, 여기 순댓국집 일주일에 한 번만 연다고 할 때 남들이 뭐라고 하지 않던가요?"

내가 물었다.

"남들? 했지! 미쳤다고 했어. 그럼 어뗘? 내가 살고 봐야지. 안 그려 작가 선상님?"

우리는 구례구역에서 헤어졌다. 나는 H의 마음이 많이 아프기를 바라며 그녀에게 손을 흔들었다. 언젠가 어느 책에서 안다는 것과 깨닫는 것과의 차이를 명확하게 설명한 것을 읽은 적이 있었다.

안다는 것과 깨닫는 것의 차이가 무엇인지 아십니까? 안다는 것은 우리를 아프게 하지 않아요. 그러나 깨달음은 아픕니다. 당신이 어떤 사실을 알았는데 아프다면 당신은 깨달은 거예요.

이상하게
불의한 사람들이
두렵지는 않다

후배가 돌아간 집을 청소하면서 깨끗이 빨아 풀까지 먹여둔 새 무명 탁자보를 꺼내어 깔았다. 아끼던 잔과 주전자를 꺼내 닦아 새 차를 마신다. 성상 앞에서보다 꽃들 앞에서 신을 찬미하고 싶어서.

　내가 몇 번의 봄을 더 맞을까
　내가 몇 번의 새싹을 더 보고
　내가 몇 번의 낙화비를 더 맞을까
　소중한 이 나날들
　아아 너무도 소중한 나의 생

이곳에서 꽃을 바라보다가 나는 광화문에 나갔고, 여기에서 나무들의 이야기에 귀를 기울이다가 나는 여기저기 극우 단체에게 고소당했다. 나는 산길을 오를 때 돌멩이 하나도 무서워서 잘 딛지 못한다. 흔들릴까 봐. 나는 징검다리도 잘 건너지 못한다. 무서워서. 흔들거리는 다리는 눈을 감고 벌벌 떨며 건넌다. 그러나 나는 이상하게 불의한 사람들이 두렵지는 않다. 이것도 참 이상한 일이긴 하다. 나는 봉침 목사의 아동학대를 세상에 알리는 일을 하고 있고, 나는 져버린 튤립과 수선화 구근을 꺼내 저온에 저장한다. 그들을 고발하고 꽃을 가꾸는 나의 생은 내 삶의 소중함과 배치되지 않는다.

사흘이나 남과 붙어 있었기에 오늘은 나에게 휴식을 주고 싶다.

그 자리에 앉으라

지금 그 자리에 앉으라
아무것도 하지 않고
다만 쉬라
신으로부터의 멀어짐
사람과의 이별

이 세상에 이보다 힘든 일이 없으니

쟁반에 먹을 것

마실 것을 가져다줄 테니

내 위로의 말

베개 삼아

머리를 뉘어라

-하피즈

　나는 쉰다. 나는 내가 누구인지 이제 비로소 조금 알 것 같다. 내가 무엇을 원하는지도. 나는 지금 고요와 쉼을 원한다. 아주 미묘한 내 소리를 듣게 된 것은 내가 이제 누구인지 알게 되었기 때문이다. 어이없게도 내가 누구인지 아는 데 정말로 많은 시간이 걸렸다. 아마도 나를 다 알게 된 것은 50이 될 때쯤이라고 생각이 든다. 그동안 나는 수많은 책을 읽고 정신과 의사와 정기적인 상담을 했고 신께 나를 구원해달라 기도했었다. 심지어 나는 내가 외향적인지 내향적인 사람인지도 모르고 살았다.

　어린 시절부터 명랑하고 낙관적인 나는 사람들에게 많은

사랑을 받으며 살았다. 말도 조리 있게 잘한다는 소리도 들었고 친구들도 많았다고 나는 느꼈다. 떠들썩한 아이들의 모임에서도 늘 리더 역할을 했다. 그건 내가 리더이고 싶어서가 아니라 어린 시절부터 나의 생각을 분명하게 잘 표현했기 때문에 자신의 생각을 분명하게 표현하지 않는 여자아이들 틈에서 내가 강해보인 이유가 큰 것 같았다. 지금 돌아보면 그러나 그때도 내 내면 깊숙한 곳에서는 이런 말이 들려왔다.

"이렇게 몰려다니며 떠들썩한 것도 좋지만 정말로 말이 통하는 누군가와 앉아 도란도란, 의미 있는 이야기를 나누는 것이 훨씬 더 좋을 듯해."

그러나 나는 나의 내면의 소리에 더는 귀를 기울이지 못했고 성적표의 행동발달 사항에는 늘 '사교적이고 명랑하며 통솔력이 있다'라는 글귀가 쓰여 있었다.

고2 때라고 기억된다. 초등학교 1학년 때부터 계속된 학교 간부 생활에 염증이 나기 시작했다. 원래 반장 하던 사람이 또 하고 부반장 하던 사람이 또 부반장 하고, 이런 것에도 식상이 느껴졌다. 당시에는 학급 임원은 선생님이 모두 뽑았다. 새 학년이 되던 해 임원에 선생님이 나를 지명하셨다. 나는 교무실로 찾아가 더 이상 학급의 임원을 맡고 싶지 않다고 말씀드렸다.

나는 순종적인 모범생이었기에 학교 선생님이 자신의 지시, 그것도 반 아이들 앞에서 한 말을 번복하는 것은 담임 선생님에게도 뜻밖의 일이었을 것이었다. 선생님은 대수롭지 않게 말했다.

"야 임마, 맨날 하던 거 왜 갑자기 안 한다고 그래! 잔말 말고 그냥 해."

갈등이 일었다. 그러나 마음 깊은 곳에서 외치는 소리는 생각보다 컸다.

"혼자 있고 싶어. 더 이상 사람들 앞에 나서는 일이 싫어."

나는 다음날부터 학교를 결석했다. 부모님께는 아프다는 핑계를 댔다. 나의 어머니는 막내인 나에게 그리 간섭을 하지 않던 분이었고 나를 믿어주시는 분이었다. 나는 집에서 책을 읽으며 놀았다. 사흘째 되던 날 엄마와 전화를 나누던 선생님의 명령이 떨어졌다.

"학교 나와. 다른 사람 반장 시킬 테니까."

아직도 기억난다. 그날이.

선생님은 내가 사정에 의해 반장직을 더 이어갈 수 없다며 다른 친구를 반장으로 임명한다고 아이들에게 발표하셨다.
그날 반 서기가 앞으로 나와 칠판에 학급 임원도를 그렸다.
반장, 부반장, 총무, 학습부장, 생활부장, 미화부장······.

내 이름은 어디에도 없었다. 선생님은 그 학급 임원도를 그
려서 반 앞 게시판에 붙이라고 했다. 그때 내 가슴 한구석으
로 몹시 쓰리고 허전한······ 아, 이 느낌을 표현할 단어가 참
생각나지 않는다. 그러니까 가슴 한구석이 뻥 뚫린 듯한 공
허 같은 것이 지나갔다.

이상하지 않은가. 내가 그토록 원했고 당시로써는 꿈도 꾸
지 못할 무단결석까지 해가며 얻어낸 자유였다. 그런데 이
공허감, 이 상실감은 무엇이란 말인가?

나는 그 후로도 권력을 잃어버린 사람들에 대한 깊은 공감
과 연민을 가지고 있다. 그들이 옳든 그렇지 않든 아무 상관도
없이 그들의 집착을, 상실감과 공허를 이해한다는 말이다.

그러나 지금 돌아봐도 그 결정은 잘하고 옳은 것이었다. 나
는, 나라는 사람의 성분은 나서고 드러나고 하는 것이 괴로
운 사람이었다. 내 삶은 내 본질과 내 본질을 오해한 운명과
의 싸움이라고 해도 과언이 아니었다.

그것을 깨닫게 된 것은 정신과 테라피를 통해서였고 그리고 심리학 공부를 통해서였다. 처음에 나는 세상이 말하는 대로 내가 명랑하고 사교적이며 외향적인 사람이라고 생각했다. 어쩔 수 없이 무대나 단상에 서면 늘 겨드랑이와 등이 식은땀으로 펑펑 젖어서야 단상을 내려왔는데, 단상에 올라갈 때까지 떨리지 않으려는 시간이 20년쯤 걸렸는데, 아무에게도 그 말을 하지 않았던 것은 모두가 그럴 거라고 혼자 생각했기 때문이었다. 글이 아닌 강연이 좋은 반응을 이끌어낼 때도 많았다. 나는 일단 말을 잘하는 사람이다. 그런데 강연을 하고 돌아오는 길, 내가 한 말에 청중이 감동을 하면 할수록 돌아오는 길은 아주 씁쓸했다. 뭐랄까, 내가 아주 능숙한 사기꾼이 된 기분이랄까……? 똑같은 이야기를 글로 써서 독자가 감동할 때는 그렇지 않았다. 이상한 일이었다. 아주 나중에 성악을 하는 후배에게 이런 말을 하자, 후배가 웃으며 대꾸했다.

"왜 떨려? 나는 무대에 나가는 게 좋기만 해. 언니, 나는 글을 써야 할 때 떨려."

심리학책을 통해서 내향적인 사람과 외향적인 사람의 구분을 알게 되었다. 즉, 에너지가 어디에서 축적되는가의 문제라는 것을 말이다. 내가 명랑하고 사람들과 원만히 잘 지내고 하는 게 문제가 아니라는 것이었다.

돌아보니 중요한 일을 결정할 때, 고난이 심해질 때, 누군가와 함께 있어서가 아니라 철저하게 홀로 나 자신을 돌봄으로써 내 인생을 헤쳐나온 일이 많았다. 2박 3일 이상 누군가와―아무리 좋은 사람들이라 해도―24시간 붙어 있으면 신경이 바늘 끝처럼 예민해지곤 했다.

아, 나는 내향적인 사람이고, 홀로 있는 시간과 공간을 필사적으로 확보해야 하는 사람이라는 것을 깨달았을 때, 내 나이 이미 50을 향해 가고 있었고 인생의 여러 가지 중요한 사람들과 문제들을 망가뜨린 후였다. 스스로가 누구인지, 무엇을 원하는지, 어떻게 하면 스스로를 더 잘 지내게 할 수 있는지 모르고, 어리석어서, 무지해서, 내가 상처 주었던 수많은 사람들에게 용서를 구하고 싶었다. 내가 써놓고 수많은 사람들이 인용했던 『봉순이 언니』의 한 구절이 다시 나를 때렸다.

말을 돌보는 할아버지가 멀리 출타하면서 소년에게 말을 부탁한다. 소년은 자신이 얼마나 그 멋진 종마를 사랑하고, 또 그 말이 자신을 얼마나 믿고 있는지 알고 있으므로, 이제 그 종마와 단

둘이 보낼 시간이 주어진 것이 뛸 듯이 기쁘다.

그런데 그 종마가 병이 난다. 밤새 진땀을 흘리며 괴로워하는 종마에게 소년이 해줄 수 있는 일이라고는 시원한 물을 먹이는 것밖에 없었다. 그러나 소년의 눈물겨운 간호도 보람 없이 종마는 더 심하게 앓았고, 말을 돌보는 할아버지가 돌아왔을 때는 다리를 절게 되어버린다. 놀란 할아버지는 소년을 나무랐다.

"말이 아플 때 찬물을 먹이는 것이 얼마나 치명적인 줄 몰랐단 말이냐?"

소년은 대답했다.

"나는 정말 몰랐어요. 내가 얼마나 그 말을 사랑하고 그 말을 자랑스러워했는지 아시잖아요."

그러자 할아버지는 잠시 침묵한 후 말한다.

"애야, 누군가를 사랑한다는 것은, 어떻게 사랑하는지를 아는 것이란다."

나 자신을 사랑하기 위해 내가 누구인지 아는 것은 정말로 중요한 일이다. 당신은 누구인가? 당신은 무엇을 원하나? 당신의 에너지는 어디서 오는가? 다른 사람들이 말하는 것 말고, 당신은 스스로를 누구라고 생각하나?

강물은 오후가 되면서
쉴 새 없이 반짝이고 있었다.

수많은 윤슬이 반짝이며
강물 위에 은가루를 뿌려 놓은 것 같았다.

Part 2

중요한 것은
그들과의 관계보다
소중한 나를
소중하게 지키는 것이다

울고 있는 것,
버림받은 것,
쫓겨난 것,
상처받은 것들…

그러는 동안 봄은 무르익고 있었다. 2월 초에 피기 시작한 매화에서 시작된 봄은 매화가 지고 산수유가 피고 벚꽃이 피는 동안 온 세상에 자신의 향기를 퍼뜨렸다. 두릅을 땄고 오가피 순 장아찌를 담갔다. 그러는 사이에 옻나무 순이 열리고 생옻을 잘라 토종닭을 장작불에 삶았다. 봄은 너무나 풍성했다. 더구나 이곳 지리산 남쪽에서는.

  가끔 지리산을 생각한다. 지리산은 참 이상한 산이다. 그렇게 수많은 봉우리가 있는데 솔직히 빼어난 봉우리가 하나도 없다(산을 사랑하시는 분들은 이 말에 이의를 다실 듯하다. 그러나 예를 들면 북한산 인수봉, 설악산 대청봉, 금강산 해금강 등 봉우리 하나만 보면 아, 이건 어디구나 하는 봉우리가 지리산에는 없다). 전라남북도, 경상남도 이렇게 3개 도에 걸쳐 있고, 구례, 하동,

산청, 함양, 남원 등의 5개 군을 거느린다. 섬진강과 낙동강이 여기서 발원한다. 생명 같은 강줄기는 수많은 곡식을 자라게 하고 버섯과 열매, 산나물 그리고 아름드리나무들을 키운다. 가끔 생각하는데 지리산은 엄마산 같다. 예쁘지도 않고 빼어난 외모는 없는데 이 산에 깃들인 모든 것들을 거느리고 먹이며 품어준다. 버림받은 사람들, 쫓기는 사람들을……. 문헌에 찾아보니 천왕봉에서 성모신에게 제사 지냈다는 기록도 나온다. 성모, 거룩한 어머니.

괴테가 『파우스트』에서 말했다.

모든 여성적인 것이 우리를 구원하도다.

……여성성과 남성성이란 그가 여성이어서 여성성이 있는 것이 아니고 그가 남성이어서 남성성이 있는 것이 아니다. 융이 이미 이야기했듯이 우리 안에는 여성성과 남성성이 동시에 들어 있다. 가끔 아버지들을 보면 잘난 아들을 좋아한다. 엄마는 가장 약하고 아픈 것에 더 많은 사랑을 쏟는다. 여기서 엄마가 아픈 아이에게 가지는 마음. 이것이 여성성일 것이다. 울고 있는 것, 버림받은 것, 쫓겨난 것, 상처받은 것

들……. 내가 내 문학과 인생에서 지향해온 것도 바로 이런 것이리라.

　　오늘 나를 찾아오는 후배는 엄마가 몹시 고픈 사람이다.
　　며칠 전, 후배—이제부터 그녀를 J라고 부른다—는 내게 급한 목소리로 전화를 했다.
　　"죽고 싶어요. 언니 정말 죽고 싶어요."

　　나는 그녀의 가정사를 조금 안다. 아버지는 한때는 약간 이름이 있었던 예술가였다. 어머니는 꽤 미인이었는데 그런 아버지의 명성이 좋아 결혼을 했다. 둘 다 늦은 결혼이었는데 딸 둘을 낳고 아이들을 어머니에게 맡긴 채 미국으로 가서 자신들의 예술 활동을 더 펼치려 했다가 늦둥이 아들만 하나 안고 돌아온 사람들이었다.
　　J는 가끔 공항에서 두 사람과 막내 남동생을 만나던 이야기를 했다.
　　"아직도 기억이 나요. 시골에서 올라온 친척들까지 모두 공항으로 모였죠. 저는 열네 살이었어요. 여동생은 열두 살이었고. 2년 만에 만나는 부모라 조금 어색한 기분으로 그러나 몹시 그리운 기분으로 서 있었는데 엄마가 나를 보자마자 말했어요. '잘됐다. 받아라 아기. 네가 없어서 얼마나 힘들었는지.' 그리고 엄마는 아버지의 팔짱을 끼고 걸어갔죠. 나는 아이를 받아들고 내 여동생은 아이의 기저귀 가방을 받아들고 우리는 집으로 돌아왔어요."

그리고 엄마는 거의 한 번도 그 아들을 돌보지 않았다. 열네 살 후배는 막냇동생을 마치 유모처럼 키웠다. 학교에 다녀오면 아이부터 업었다. 아주 훗날, 농담으로 너 내가 낳았어, 하자 막냇동생이 석 달을 심각하게 고민했다고 했다.

아버지는 자신의 예술을 세상이 알아주지 않는다고 평생 불만을 품고 있는 사람이었고 엄마는 있지도 않은 자신의 과거를 공주로 미화하는 사람이었다. 무능한 예술가와 허영기 있는 아내는 그러나 이상하게도 금슬이 아주 좋았고 대신 세상에 대해 불만이 있을 때는 아이들을 때렸다. 그리고 빚은 눈덩이처럼 불어갔다. 그래도 빚을 내서라도 교회에 십일조는 남들 보기에 창피하지 않을 정도로 내야 했다.

J는 대학 때부터 아르바이트로 돈을 벌어야 했다. 갚아도 갚아도 빚은 늘어갔다. J는 연기자가 되고 싶었다. 연기자가 아니면 연출이라도 하고 싶었다. 엄마로부터 물려받은 미모

가 있었고 아버지로부터 받은 예술적 감각도 있었다. 그런데 처음 본 탤런트 시험에서 떨어졌다. 물론 J는 화장도 할 줄 몰랐고, 변변한 옷도 없었다. 미모와 예술적 감각에 이과적 재능까지 가진 그녀는 컴퓨터 프로그램 전문가였고 그래서 당장 취직을 해버렸다. 막냇동생 유치원비가 급했던 것이다.

처음 취직했을 무렵 엄마가 회사 앞에 놀러 왔다. 마침 어버이날이 가까웠으므로 J는 엄마를 근처 백화점에 모시고 갔다. 엄마는 기뻐 어쩔 줄 모르며 옷을 골랐다. 200만 원 상당의 의상이었다. 엄마가 너무 기뻐하는 모습을 보자 J는 10개월 할부로 그 옷을 사드렸다. 엄마는 J에게 이 세상에서 가장 멋진 딸이라고 해주었다. J는 마음이 몹시 쓰렸지만 평생 고생만 한 엄마가 불쌍했고 자신이 조금 희생해서라도 엄마가 그렇게 기뻐하시는 모습을 보는 것으로 위로를 삼았다고 했다. J는 그때까지 백화점 옷을 입어본 일이 없었다.

J는 그렇게 회사 일을 하고, 저녁이면 아르바이트로 컴퓨터 프로그램 만드는 일을 했다. 나중에는 회사에서 졸다가 잦은 지적을 당하자 작은 오피스텔을 하나 얻어 나와서 24시간 외주로 받은 일을 했다. J의 유일한 낙은 일하다가 먹는 떡볶이와 튀김과 밤샘 때 시간을 아끼기 위해 끝없이 먹던 감

자튀김이었다. 어쩌다 외출은 광장시장으로 했다. 거기서 마약 김밥과 순댓국을 먹고 돌아와 다시 밤새 일을 했다.

J의 체중은 걷잡을 수 없이 불어났고, 처음에는 일이 바빠 외출을 할 수가 없었지만 나중에는 불어난 몸이 부끄러워 외출을 할 수 없었다. 인터넷으로 식품을 주문하고 배달 음식을 시키고, 그리고 커튼을 내렸다.

그때 J의 나이 30대 초반, 아직 연애도 한 번 해보지 않은 채였다. 그리고 다시 10년 후 J는 내게 전화를 해서 죽고 싶다고 한다. 엄마가 아빠가 돈을 원한다고, 만일 이번에 돈을 해주지 않으면 두 사람은 자살한다고 했다고, J는 말했다.

"언니, 내가 먼저 죽고 싶어요."

아주 솔직한 나의 심정을 말하자면 나는 짜증이 조금 나 있었다. 그동안 숱하게 그녀의 이야기를 들어주었고 숱하게 엄마 아빠로부터 독립하라고 했는데 이상하게 J가 몇 달 연락이 없으면 다시 엄마 아빠에게 돌아가 있곤 했다. 그리고 문제가 생기면 다시 내게 찾아왔다. 나는 남의 인생에 너무 관여하지 말자고 생각했다. 그런데 울면서 죽는다고 하니 일단 그건 말려야 했다.

"J야, 일단 진정하고 내 말을 들어. 만일 엄마 아빠가 안 죽는다는 보장이 된대도 그래도 죽고 싶어?"

J는 조금 망설이더니 대답했다.

"아니 그렇지는 않아요."

"J야, 나 말이야. 내 나이 지금 58이야. 내일모레 환갑이야. 그런데 얼마 전에 친구들과 이야기하다가 그랬어. 우리 지금 죽어도 호상이다. 다 살았다, 했어……. 그런데 너네 엄마 아빠 나보다 훨씬 나이도 많으시잖아. 70대 중반이시고. 이런 말 한다고 마음 상하지 마. 그러니까 그 두 분. 돌아가셔도 돼. 호상이야. 이 말 잔인하게 들리니?"

수화기 저쪽에서 머뭇거리던 J가 헉, 하고 숨을 들이쉬더니 이어 피식하고 웃었다.

"너희 엄마 아빠 한때는 대중에게 약간 유명한 예술가였고, 미국에서 공부 겸 유람도 하셨고, 두 분이 사랑도 많이 하셨고, 자식 키워 돈도 벌어오게 하셨어. 그리고 이제 복지가 좋아져서 나라가 엄마 아빠 가난에 찌들려 그냥 돌아가시게 하지 않아. 다만 예전처럼 사치는 못하시겠지. 자 어때?"

"그건 그럴 수도 있네요."

J는 덧붙였다.

"······언니 나 얼마나 못된 딸이냐면, 엄마 아빠 죽든지 말든지 맘대로 해. 다만 죽으면 다른 사람 시켜 연락해. 그동안 부조 낸 거 많으니까 장례식에서 받아서 아직 남은 빚 갚을 테니까······. 이런 말까지 해버렸어요, 나 너무 못되고 막된 딸인 거 같아서."

그런 말까지 나올 정도로 대화가 험악해지다니 나도 약간 철렁했다. 그러나 나는 말했다.

"그런 말 해놓고, 진짜로 나 못됐다 생각하지도 않잖아. J야, 문제를 해결하기 위해 일단 모든 것을 있는 그대로 보는 게 중요해. 너 자신조차도. 너 그 말 하고 시원하다고 생각할 정도로 지치고 상처받았어."

J는 다시 울었다. 냉정하자고 생각한 내 마음도 조금씩 아파지기 시작했다.

"언니 저 이번 주말에 섬진강 변에 가도 돼요?"

일이 약간 밀려 있었지만 나도 대답하고 말았다.

"그래 온나."

그리고 내가 다시 덧붙였다.

"잊지 마. 절대 안 돌아가실 거고. 20년 전 같으면 70대에 돌아가시는 거 호상이었다는 거."

울던 J가 "호상" 하더니 잠시 웃었다.

나는 역으로 출발했다.

사람하고
헤어지는 일이
제일 어려운 일이었다

사람하고 헤어지는 일이 내게는 제일 어려운 일이었다. 꼭 남자가 아니어도 꼭 남편이 아니어도 친구 하나랑 멀어질 때마다 죽을 듯이 아팠다. 그런데도 나는 많은 이별들을 했다. 왜냐하면 내가 이별하지 않기 위해 기를 썼기 때문이다.

나의 엄마와 아빠는 14살, 18살에 동네에서 첫눈에 반해 결혼한 사람들이고 지금까지 65년의 결혼을 이어오고 계신다. 두 분은 아직도 서로를 존중하고 사랑한다고 우리에게 말씀하신다. 나에게는 순하고 착한 언니와 모범생이며 뛰어난 오빠가 있다. 외삼촌과 이모들 모두 착하고 바른 사람들이었고 하다못해 빗나간 사촌 하나 없다. 이것이 나의 질곡이었을 것이라고 나는 가끔 생각하곤 했다.

다시 돌아보면 스무 살 대학에 입학할 때까지 아니 그 이후 첫 결혼을 하게 된 스물세 살까지 나는 세상에서 나쁜 사람을 만난 일이 없었다. 어쩌다 나쁜 일이 있어도 부모님은 내게 그 사람들을 이해하라고 하셨고 착한 딸인 나는 그렇게 했다. 내 어린 시절의 세계는 서울 시내의 사립학교와 성당이었다. 부모님 말씀은 틀리지 않았다. 이 세계에서 별로 외출도 안 하고 도서관조차 가지 않고 집에서 책만 읽는 여자아이가 겪을 나쁜 사람이 몇이나 되겠는가. 게다가 성당의 중고등부에서는 "모든 사람을 사랑으로 사랑하라"라는 모토를 가진 가톨릭 청소년 모임의 멤버로 아주 열심히 활동했었다. 나는 나쁨과 악에 대해 한 번도 생각하고 경험하고 고찰할 기회를 얻지 못했다. 책 속의 세상도 그랬다. 나쁘긴 해도, 다 이유가 있었고 일리가 있었다. 그래서 만일 어떤 관계가 깨어진다면 그것이 나의 탓이라고 생각했었다. 내가 먼저 사과하고 내가 먼저 이해하려고 애쓰는 동안 성숙하지 못한 나의 자아 속에서 분노는 쌓여갔다. 그리고 만만한 나를 그들은 더욱더 함부로 대했다. 파국이 오도록 관계가 지속되면서 나는 점점 더 착한 희생자의 역할을 자임하고 있었다. 생각보다 착한 희생자 역할은 고통스러웠지만, 내면에서는 나의 어떤 자아가 약간 기뻐하고 있다는 것을 나는 눈치챘다.

대학 시절 내게는 시인이 되기를 꿈꾸는 네 명의 친한 친구들이 있었다. 우리 다섯 명은 가끔 뜻이 맞으면 신촌시장에서 김밥을 사서 북한강 가로 향하는 버스를 탔다. 가끔은 청량리역에서 기차를 타고 강촌으로도 갔다. 민박을 예약하고 함께 밤을 지새우며 서로가 그동안 읽은 것 중에 제일 좋은 시집들을 가지고 와서 낭독을 했다. 여름방학 때는 함께 계획을 짜고 회비를 모아 강릉 바다나 남해안으로 여행도 갔다.

그중에 M이 있었다. 리더를 맡은 것은 주로 나였는데 M은 말하자면 차분하고 신중한 참모 역할을 했다. 그런데 그 M은 사사건건 나와 부딪혔다. 나와 부딪혔다기보다는 늘 내게 충고를 하는 성숙한 언니 역할을 했다.

예를 들어 내가 넘어졌다고 치자. 그러면 M은 차분하게 말을 꺼냈다.

"지영아, 내가 늘 너를 보면서 언젠가 한번은 말하려고 했는데, 넌 너무 성격이 급하고 덜렁거려. 그리고 늘 엉뚱한 생각을 하고 있으니 그런 결과가 나오는 거야. 지난번에도 너 넘어졌었잖아."

나는 모든 것이 어느 정도는 내 탓이라고 생각해왔으므로 뭐라 반박할 말이 없었다. 왜냐하면 M이 꼭 덧붙였기 때문이다.

"이런 말 네게 해주는 것은 너를 위해서야. 다른 사람들은 이런 말 못 할 거야."

나는 그런 M이 고맙기까지 했다.

우리는 당시 학교 식당이나 카페에 모여 페미니즘과 마르크시즘에 대한 공부도 했다. 그럴 때도 M과 나는 부딪혔다.

토론은 번번이 나의 패배였다. 게다가 나는 감정적이고 성급하기까지 했다. M은 큰언니처럼 나의 약점을 지적했다. 나는 가끔은 M이 존경스럽기도 했다. 예를 들어 내가 "진달래는 분홍색이야" 하고 말한다면 M이 반박했다.

"분홍색이기도 하지만은 꼭 그렇지는 않아. 내 생각엔 흰색이 주로 많아."

내가 대답했다.

"흰색이라니 말도 안 돼. 진달래가 분홍이지 어떻게 흰색이야?"

그러면 차분한 M이 나에게 대답했다.

"내가 언제 다 흰색이라고 했니? 분홍색이기도 하지만, 이라고 단서를 달았잖아. 왜 사람 말을 극단적으로 알아듣니?"

나는 무슨 소린지 이해할 수가 없었다. 아무리 생각해도 진달래는 분홍색인데 말을 하다 보면 꼬였다. 결론은 내가 극단적이고 성급하고 남의 말을 안 듣는 사람이 되어 있었다. 4학년이 되던 해에는 너무나 익숙해져서 나 자신이 미워지기까지 했으니까.

여러분들은 위의 대화에서 무엇이 문제인지 알아낼 수 있겠나?

나는 이 여자 그룹의 우정을 몹시 소중히 여겼다. 우정은 소중한 거라고 배웠기 때문이다. 친구의 약점을 참아주는 것은 옳고도 좋은 것이라고 배웠기 때문이다. 친구 하나 없이 다니는 아이라는 말을 듣고 싶지 않았기 때문이다. 포도주하고 우정은 오래될수록 좋다는 말을 공책에 써넣고 다니던 때였으니까.

이 말을 한 사람이 파스칼이었던가. 하긴 그가 틀린 것은 아니다. 오래될 정도로 서로 존중하고 아껴온 세월이라면 얼마나 대단한 우정이겠는가.

잘 발효된 된장처럼 묵은 우정은 좋은 것이다. 그러나 일찌감치 곰팡이가 피었다면 내다 버려야 한다. 가치가 없는 곳

에 내 정성을 쏟아붓는 것은 친구가 없는 것보다 어리석은
일이라는 것을 안 것도 최근의 일이었다. 어리석은 나의 생.

우리는
우리의 장점에 대해
들어야 한다

익숙하다는 것은 위험한 것이다. 인간은 적응한다. 독한 약에도 독한 노동에도 심지어 독한 폭력에도. 심지어 더욱 지속되는 모욕과 따돌림에도.

어느 날 우리의 사회과학 세미나를 지도하기 위해 한 선배가 왔다. 그 선배가 여지없이 계속되는 M과 나의 논쟁을 바라보다가 잠시 제동을 걸었다. 우리의 논쟁, 이를테면 "진달래는 분홍색이야" 내가 말하면, M이 받아 "진달래는 분홍색이기도 하지만 진달래는 대개 흰색이지"라고 말하는 것.

그러면 내가 받아 "무슨 소리야 흰색이 어딨어? 분홍색이라니까" 말하면, M이 나를 나무라는 듯이 "내가 언제 꼭 흰색이라고 했니? 분홍색이기도 하다고 앞에서 말을 했잖아. 너는 너무 극단적이야"라고 하는 식이다.

선배가 말했다.

"잠시만 M아, 너는 논쟁의 기본이 안 되어 있는 것 같아. 지영이가 진달래는 분홍이다, 하고 말할 때 네가 진달래가 분홍이기도 하지만 대개 흰색이지, 한다면 네가 주장하는 바는 진달래는 흰색이다 편이고 앞의 진달래는 분홍이다, 는 논쟁을 위한 일종의 수사에 불과한데, 지영이가 그걸 파악해서 진달래는 흰색이 아니야, 하면 너는 얼른 빠져나가면서 나도 분홍이라고도 했어, 하면서 그 논점이 아니라 화자를 공격하고 있어. 그렇게 하면 논쟁이 안 돼."

내 정수리 부분이 쪼개지면서 빛이 들어오는 것 같았다. 우리 우정의 다섯 명 중에 세 명도 약간 놀란 것 같았다. 논쟁에서 나는 늘 그렇게 말려들었고, 그들은 관심이 없었다. 아니면 익숙했기에 틀렸다고 생각하지 않았을 수도 있었다. 나는 M을 새삼 바라보았고, 나머지 세 명도 비로소 다시 바라보았다. 눈을 뜨고 있다고, 매일 본다고, 보는 게 아니다.

M은 논쟁이 아니라 나를 공격하고 싶었던 거고, 세 명은 부주의했던 것이었다. 그리고 나는 같은 트릭에 계속 말려드는 멍청이였다.

내가 M이나 그 친구들과 곧 관계를 끊었다고 생각하는가?

내가 그 후로는 그 트릭을 잘 생각하고 다시는 그런 트릭에 걸려들지 않았다고 생각하는가?

아니, M의 트릭은 계속 변형을 일으키며 반복되었고 나는 다른 방식으로 그녀의 먹이가 되었다. 우리는 여전히 우리의 우정 어쩌구, 하면서 때가 되면 모였고 선물을 나누었고 여행을 떠났다. 나는 수많은 M들을 만났고 그들에게 비슷하게 걸려들었다.

예를 들면 이런 M들!

"어떻게 내게 그렇게 심한 말을 할 수가 있어?"

내가 항의하면,

"네가 가만히 있는데 내가 그랬단 말이니?"

"네가 예쁘게만 굴어 봐. 고분고분해 봐. 내가 그러겠나."

이런 M들이 그중 가장 흔한 유형이겠다.

모든 것이 내 탓이다, 라고 생각해서 좋은 것이 딱 하나 있었다. 나 스스로 정신과에 찾아가 "선생님 제가 이상한 것 같아요. 저는 치료받고 싶어요" 했던 것.

그때 M과의 일화를 말하자 정신과 전문의가 물었다.

"M이 왜 그랬던 것 같아요?"

"글쎄요." 나는 대답했다.

"뭐 그 아이의 사고 패턴이 그런 듯해요. 늘 신중하고 사려가 깊은 아이였어요. 우리 중에 제일 어른스러웠고 그러니까 제가 못마땅했을 수도."

"자신을 그렇게 늘 궁지에 몰았던 친구를 좋게만 말씀하시니 정말 착하신데요?"

의사의 말에는 비아냥이 심하게 담겨 있었다. 내가 머뭇거리자,

"어쨌든 또요?"

의사가 물었다.

"그 애는 좋은 말만 하는 게 우정이 아니랬어요. 우정은 서로의 단점을 지적해서 고칠 수 있는 관계라고. 그래서 그랬던 거 같아요."

"또요?"

의사는 집요했다.

"글쎄요. 뭐 다 이야기한 것 같은데……."

잠시 침묵하는 나를 의사가 집요하게 바라보았다.

"뭐 저에 대한 질투 같은 것도 있었을까요? 설마요, 그 애는 저보다 예쁘고 공부도 잘했어요."

"질투…… 있을 수 있지요." 의사가 의외로 반응을 보였다. 내가 대답했다.

"설마요!"

그러자 의사가 나를 물끄러미 바라보다가 대답했다.

"설마를 잡으세요. 스쳐 지나가는 설마…… 그거 진실일 때가 많아요."

아아 나는 지금도 그 의사께 감사를 드린다.

M과의 관계는 10년 후쯤 나중에 내가 두 번째 이혼을 하고 심각한 고통 속에 처해 있을 때 오랜 정신과 테라피를 받고 난 후에야 정리된다.

내 소식에 침통하게 모여든 그 "우정 어린" 친구들이 있던 자리에서 M이 툭 하고 말했다.

"야 너 이제 절대 남자 만나지 마. 혼자 살아."

내 기억에 그리고 우리의 우정 그룹의 기억에, 나는 이렇게 말해야 하는 사람이었을 것이다.

"알아. 나도 그렇게 생각해. 결혼에 있어서 나는 확실히 문제가 있어."

그러나 그날 나는 그러지 않았다.

결코 침착하지도 예쁘지도 않은 목소리와 자세로 나는 그녀에게 큰 소리로 말했다.

"니가 뭔데 나한테 남자를 만나라 만나지 마라 하는 거니? 왜 그래야 하는데! 그걸 왜 네가 판단해? 이혼하고 온 친구에게 그게 지금 네가 할 말이니?"

그날 나는 어색해진 그 자리를 박차고 나왔다. 우리의 10년이 넘는 우정을 걱정한 친구들이 차례로 전화를 해왔다. 요지는 이것이었다.

"M의 말이 심한 것은 사실이지만, 그렇다고 우리의 우정을 —하루이틀도 아닌데 — 깨어서야 되겠는가? 어서 화해를 해라. 게다가 걔 말버릇 그런 거 네가 하루이틀 본 것도 아니고, 걔도 나쁜 뜻으로 그런 게 아닌데 당황하더라. 속 넓은 네가 먼저 전화를 해."

두 번이나 이혼하고 상심에 잠긴 친구의 문제는 사라지고 우리 우정의 문제가 대두된 것이었다. 내 이혼은 그들을 불편하게 하지 않을지 모르지만, 우리 우정의 파괴는 그들을 불편하게 해서일까.

나는 그녀들과도 관계를 끊었다.

처음으로 M에게서 사과 문자가 왔다. 한 6개월 만이라고 기억된다. 나는 그녀를 차단했고 나머지 친구들과의 멀고 먼 우정을 이어가고 있다.

한 번뿐인 내 인생 이렇게 살다가 가기 싫다 하고 마음먹은 이후, 나 자신을 사랑하고 지금 여기를 소중히 여기겠다 마음먹은 이후, 내게 또 하나의 변화가 찾아왔는데 그것은 나를 사랑하는 데 방해가 되는 사람들과 우정을 맺지 않는 것은 물론이고 사소한 사적 관계도 끊어내는 일이었다. 나중에는 전화나 문자도 받지 않았다.

아주 쉬운 예를 들면 "너 의외로 다리가 굵다"라든가 "너 얼굴이 생각보다 커", "어머 배 나온 것 좀 봐. 왜 그렇게 살이 쪘어. 얼른 빼!"라든가, "너 성질 좀 안 좋잖아", "너 머리 그렇게 자르지 마. 이상해" 이런 말을 하는 친구들을 멀리했다.

가끔 이 이야기를 꺼내면 사람들은 까르르 웃는다. 내가 농담을 한다고 생각하는 듯했다. 또 가끔 후배들은 물었다.

"언니 그러면 주변에 사람 아무도 남지 않을 거예요. 그걸 다 끊어내면 혼자 남아요."

그러면 나는 대답했다.

"그런 사람들한테 둘러싸여 나 자신을 폄하하는 말들과 괴로워하며 싸우느니 차라리 혼자 있는 것이 나아요."

"듣기 싫을지 모르겠지만 내가 다 너를 위해 이러는 거야"라는 사람은 "듣기 싫은 이야기를 왜 굳이 해야겠니? 나는 성녀가 되고 싶은 게 아니야"라는 말도 없이 그냥 차단했고, "저기 내가 좀 심한 말을 해야 할 텐데 괜찮겠니?" 하고 접근해 오면 "아니 괜찮지 않으니까 절대 하지 마세요!"라며 응수했다. "초면에 실례지만 좀 목소리가 크시네요"라고 하면 "초면에 실례를 이렇게 심하게 하시는 분이 남의 약점을 지적하시다니요" 했다. 그냥 되었던 것 아니다. 연습했다. 기회를 잡으려고 기다렸고, 그리고 기회가 오면 떨리지만, 이렇게 하면 내가 교양 없고 예의 없고 속 좁은 사람이라고 혹은 꼰대라고 욕할까 봐 겁이 났지만 그럼에도 불구하고 했다.

설사 그 대상이 결코 단절하기 힘든 부모나 형제나 자식이라도 마찬가지이다. 단절이 어려우면 거리두기를 권한다. 잠시 격리되어 있는 것 말이다. 그렇다고 엄마가 아빠가 자식의 관계가 취소되지는 않는다. 중요한 것은 그들과의 관계보다 소중한 나를 소중하게 지키는 것이다. 내가 소중하지 않은데 내가 맺는 관계는 소중할 수 있는가? 소중하지도 않은 내가 하는 효도와 사랑이 소중할 수 있겠는가?

"그렇다면 자기 주변에 아부하는 사람들만 남겨두게 되어 우리는 결국 교만해질 거예요"라고 말하는 후배도 있었다. 걱정하지 마시길, 아부로 둘러싸여 교만해질 만한 사람들은 이 책을 읽지 않을 테니.

"그러면 제 단점을 고치지 못하게 되는 거 아닐까요"라고 묻는 이도 있었다.

걱정하지 마시길. 우리는 자라면서 지금까지 우리의 단점에 대해 귀에 못이 박이게 들었다. 진짜 자기 단점을 몰라서 문제가 되었으며, 말로 해서 고칠 건데 말을 못 들어 못 고친 단점이 있던가. 우리는 우리의 장점에 대해 들어야 한다.

어떤 연출가의 말이 생각난다.

"캐스팅을 해놓고 나면 어떤 때 미치고 환장할 때가 있어요. 다 좋은데 이상한 단점이 하나 있는 거라. 젊어서 나는 그 단점을 고치라고 연기자에게 요구했어요. 그러면 그 배우는 자기의 단점을 열심히 고쳤지. 그런데 문제는 그 단점을 고치느라 다른 장점들마저도 다 이상해지는 거야. 캐릭터의 균형이 무너져 버린다고 할까? 아주 나이가 들어 나는 알게 되었어요. 사람의 단점은 없어지지도 지워지지도 않는다는 것을."

"그럼 어떻게 하셨어요?"

"의외로 쉬워요. 방법은 이거야. 장점을 자꾸 칭찬해주는 거야. 그러면 그 장점이 점점 더 커져 단점은 분명 있기는 하지만 거의 보이지 않는 거예요. 이게 방법이야."

"나에게 싫은 말을 하는 사람을 물리치기만 한다면 너무 이기적인 것 아닌가요?"

이렇게 묻는 사람도 있다. 나는 인간이 진정 자기 자신의 이익을 위해 살 때 이 세상이 좋아진다고 믿고 있다. 코로나 19로 인해 외출을 자제해야 할 때 나가지 않는 것이 불편하지만 그것은 진정 자기 자신을 위하는 일이라는 것을 우리 모두는 알지 않는가? 불편해도 마스크를 쓰고 손을 계속 씻는 것이 나를 위하는 일이다. 투표를 하는 것도 나를 위해서고 우리나라를 위해서 기도하는 것도 나를 위해서이다. 아픈 강아지를 돌보는 것도 궁극적으로 나를 위해서이고 환경을 보호해야 하는 것도 실은 나를 위해서이다.

그리고 무엇보다 자기 자신을 사랑한다는 것과 이기적인

것은 다르다.

　당신이 사랑하는 아이가 자기 것을 먼저 다 먹어버리고 남의 아이스크림을 빼앗아 먹으면 당신이 어떻게 할지 생각해보라. 사랑하는 것은 감각을 만족시키는 것이 아니다. 달라는 것을 무제한 주는 것은 오히려 학대이다. 사랑한다는 것은 비만인 아이에게 아이스크림을 빼앗고 병든 아이에게 아픈 주사를 맞게 하고 알코올 중독자에게서 술병을 치우는 것도 포함된다. 나 자신에게도 그렇다.

　"그렇게 하면 우리는 혼자 남을 거예요. 그런 친구들 다 멀리하고 나면"이라는 사람들이 제일 많았다. 결국 이 문제가 남는다.

　원래 나는 네 명 이상이 모이는 자리에는 잘 가지 않는다. 오고가는 대화란 "방송에 나가서 해도 되는 말만 할 뿐"이니까. 의미 없는 사교, 의미 없는 대화, 해도 되고 안 해도 되는 대화들이 나는 정말 피곤하다. 내가 가끔 그런 곳에 간다면 나에게는 그것이 확실한 의미를 가질 때일 것이다. 취재를 해야 할 대상이 있다든가, 내가 정말 존경하는 분께서 꼭 와 달라고 하셨다든가…… 사랑하는 친구가 사람 수가 중요한 모임을 연다든가 할 때, 혹은 농담이지만 내가 선출직에 출마를 하려 한다면 갈 것이다. 나는 소중하니까.

그런데 어느 날 어떤 모임을 두고 나는 고민에 고민을 거듭하고 있었다.

개개인들이 다 좋은 사람들이었고 개개인들과의 우정도 약간 있었다. 그러나 그들이 다 모인 그 자리에 나는 가고 싶지 않았다. 연말이 되면 이런 증상들이 더 심해지기 시작했던 어느 날, 나는 나 자신에게 다시 질문을 시작했다.

"왜 거기 간다고 했니?"

"안 갈 이유가 없어. 여행을 같이했던 사람들이고 모두가 존경스러운 사람들이고 그러니까."

"그러면 가면 되잖아."

"그런데 왜 이렇게 가기가 싫은지 모르겠어."

"그럼 가지 않으면 되잖아."

"되지, 그런데 나만 외톨이가 될 것 같아."

"네가 가지 않으면 그들이 너만 외톨이를 만드니?"

"그렇진 않겠지만 결국 자꾸 그러다 보면 내가 멀어지고 그러면 그렇게 될 확률이 크겠지."

혹은,

"만일 모두가 모이는—그냥 친목으로—자리에 오지 않았다면서 너를 외톨이 만드는 그런 모임에 네가 갈 필요가 있는 거니? 사람이 사정도 있는 거고 성향도 있는 건데 왁자지껄 모여야 우정이라고 생각하는 사람들이란 결국 속물들 아닌가(어찌 되어도 답은 같아진다)."

이쯤 되면 다시 질문의 방향이 바뀐다.

"아니야 좋은 분들이야. 문제는 내게 있는 것 같아(여기서 내 문제는 정확히 내 문제이다. 무조건 나를 비하하기 위해 했던 반복적 중얼거림이 아니다. 가기 싫으면서 간다고 대답했던, 혹은 그때는 별 생각 없이 간다고 해놓고 이제 와 싫어하는 내 마음이 살짝 아파지기 시작한다. 무언가가 움직이고 있다는 증거이다)."

"함께 있고 싶은데 그런 파티에 다녀오면 공허해. 그 느낌이 싫어. 시간 낭비같이 느껴지고."

"시간 낭비와 공허는 좋지 않은 거잖아. 그러면 가지 마."

"외톨이가 될까 봐."

같은 대답을 해놓고 나는 잠시 말을 멈춘다. 여기서 외톨이는 앞에서의 외톨이와는 다른 느낌이 내 스스로에게도 든다. 그리고 나는 말한다. 아마도 눈물이 핑 돌 것이다.

"어쩌면 이러다가 나중에 내가 아프거나 죽어갈 때 아무도 옆에 없을까 봐 그게 두려운 것 같아."

"……."

"혼자 죽을까 봐 무서워."

잠시 침묵 같은 것이 흐른다.

"지영아 너는 혼자가 아니고, 네 친구들이 야구장에서 파티를 해도 모자랄만큼 많다 해도 네가 코로나19 걸리면 아무도 너에게 올 수 없어."

이쯤 되면 나는 눈물 고인 눈으로 혼자 웃음을 터뜨린다.

지금 그리고 여기! 나 자신 중에서 지금 여기의 문제를 잊은 것이다. 어제는 바꿀 수 없고 내일은 아무도 모른다. 절대 바꿀 수 없는 것 절대 알 수 없는 것에 대해 고민하는 것이야말로 시간의 낭비이고 공허한 일이다. 나는 이쯤이면 생각의 암반에 도달했다는 것을 안다.

나를 모욕하고 나의 단점을 자극하고 나를 비하하는 사람들을 100만 명쯤 곁에 가지고 있는 것이 무슨 소용이란 말인가. 인류 역사상 훌륭한 분들이 구름떼 같은 친구들을 몰고 다니는 것을 본 일이 있는가? 그런 사람들이 있었다면 보통 사기꾼들이었다.

　사막의 교부(기독교 초기 사하라를 중심으로 한 사막에서 신앙을 닦은 위대한 스승들)들은 말했다.

　네가 방 안에 혼자 가만히 머물지 못하는 데서 모든 문제가 발생한다.

　나는 기꺼이 방 안에 혼자 앉아서 내가 좋아라 하는 재봉을 하거나 책을 읽거나 혹은 천연 화장품을 만든다. 이런 결정을 한 지 10년쯤 지나 특히나 연말의 어떤 모임에도 가지 않았는데 내가 아직 외톨이가 되었다는 소식은 없다. 결국 "자기 스스로와 함께 있지 못하는 사람은 누구와 함께 있어도 외롭다." 나는 나 자신과 잘 지내는 방법을 선택했다.

앞으로
안 그러면
되겠네요
뭐

"그렇다면 계속 만나야 할 친구와 그렇지 않은 친구를 어떻게 구분하지요?"

사람들은 또 물었다.

내가 농담처럼 하는 말이 있다. 만일 어떤 친구와 만나 밥을 먹거나 술을 마셨다면 집으로 돌아오는 길에 자기 자신을 한번 살펴보자. 단 5분이라도 좋다. 분명 많이 먹었는데 갑자기 불닭볶음면이나 매운 마라탕, 더 매운 떡볶이 같은 자신을 더 나쁘게 할 확률이 높은 음식이 더 먹고 싶어지고 약간 스스로가 싫어지면서 내가 하루 종일 뭐 했지? 하는 질문을 던지게 하는 친구가 있다면 그 친구는 만나지 마라.

만일 만나서 밥 먹고 차나 술을 마시고 혹은 영화를 보고 돌아오는 길에 왠지 책 한 권이 더 읽고 싶고 집에 가서 방을 정리하고 싶고 일기라도 쓰고 싶고 더 잘 살아야겠다, 내일부터 무언가 시작해야겠다, 싶은 친구가 있으면 그 친구를 만나고 계속 우정을 이어가라.

영혼, 육체, 머리 중에서 제일 바보가 머리이고 그다음이 육체이며 영혼이야말로 가장 많은 것을 알기 때문이다. 설사 당신이 그 친구와 하루 종일 웃고 유쾌한 대화를 나누고 서로 삶을 나누는 멋진 대화를 했다 해도 당신의 영혼은 알고 있다. 육체는 그 영혼의 텅 빔을 알아차려 육체답게 허기의 신호를 보낸 것일 테니까.

그렇게 나아지고 있다고 생각하던 나는 평화롭고 행복한 나날을 보내고 있었다. 과거에 내가 싫어하던 내 결점은 거의 사라지고 이제는 홀가분하고 행복하다고 생각하던 어느 날, 나는 다시 과거로 돌아가 있는 듯한 나를 발견하게 되었다. 내가 제일 싫어하던 나의 결점이 엉뚱한 곳에서 다시 튀어나온 것이었다.

물론 그때 나는 이미 모든 정신의 성장과 후퇴는 나선형으로 이루어진다는 것을 알고 있었다. 나선형. 하수구에서 빨려 들어가는 물도 나선형으로 흘러가고 우주의 블랙홀로 별들이 빨려 들어가는 것도 나선형이다.

우리가 스스로 존중하고 행복해지는 연습을 하면서도, 잘 되어가다 어느 날 모든 노력이 수포로 돌아가는 듯한 느낌을 받을 때가 있는데 그때도 낙심하지 말아야 한다. 비슷한 지점에서 비슷한 행동을 하긴 했지만 약간 위로 올라온 상태, 그러니까 그저 그 자리를 맴도는 것이 아니라 3차원의 세계로 생각해야 한다는 것이다. 이것은 심리학을 공부하면서 내가 감탄했던 융의 이론이라고 기억된다. 그런데 내가 현재 그 나선형에 있는 중이라는 생각을 할 수 없을만큼 내 낙담은 컸다.

10년 공부가 다 무너진 듯, 슬픔이 몰려와 나 자신이 걷잡을 수 없이 한심했고 눈물이 터져 나왔다. 그리고 며칠을 우울하고 힘든 나날을 보내게 되었던 것 같다. 그 무렵 우연히 어떤 신부님을 뵙고 이 말씀을 드리게 되었다. 나를 어느 정도 아시는 그분께서는 침묵 속에서 내 얘길 끝까지 들어주셨다. 그리고는 툭 한마디 하셨다.

"앞으로 안 그러면 되겠네요 뭐."

너무 어이없는 말이었다.

"그게 아니고요 신부님. 제가 노력해도 안 되는 건 안 되는 것인가 봐요. 10년 넘게 나 자신을 연습해오고 노력했는데."

"이번에 그런 게 몇 년 만이라고 했죠?"

"예."

"거봐요 발전했잖아요."

"아니요 그런데 제가 그 결점을 또 행하고 말았다구요."

그러자 신부님께서 약간 큰 소리로 말씀하셨다.

"그러니까 안 그러면 되잖아요. 그리고 그 이야기 스톱!"

스톱이라는 단어가 정신없이 달리던 도로에 켜진 돌발 신호처럼 내게 다가왔고 나는 멈추었다. 그리고 그 이후에 가끔 이 스톱을 내게 사용했다. 안 좋은 생각이 반복해서 들 때 나 자신에게 명령해보는 것이다. 스톱!!!

그리고 또 한 가지 얻은 깨달음이 있는데 충고는 툭, 하고 던지고 입을 다물어야 한다는 것이다.

이런 일도 있었다. 성 베네딕도 왜관 수도원 존경하는 할아버지 신부님과 면담을 할 때였다. 나는 그때 아이들 문제로 심하게 아파하고 있었고 면담을 시작하자마자 눈물이 흘러내려 엉엉 울고 있었다. 신부님은 내 이야기를 다 들으시더니 한마디 하셨다.

"그래서요?"

"신부님, 제가 우리 아이에게 너무 큰 상처를 주어서 아이가 이렇게 힘든 시간을 보내는 것 같아요."

신부님은 대답하셨다.

"뭐 그 생각하면 뭐 해요. 이제부터 잘해주면 되지."

신부님 말씀이 너무 단순해서 내가 "예?" 하고는 신부님이 뭘 못 알아들으시나 싶어서 다시 말했다.

"그래서 제가 너무 나쁜 엄마여서."

그러자 신부님께서 약간 지루한 표정으로 다시 대답하셨다.

"그랬을 수 있지요. 그런데 이제부터 잘하면 되잖아요. 지나간 거 뭐 어쩌겠어요. 살날이 더 많을 거 아닌가요?"

다시 생각하지만 진리는 늘 단순하다. 단순한 것이 진리는 아니지만 말이다.

불교 경전 중 하나인 『아함경』에는 다음과 같은 말이 있다.

두 번째 화살을 맞지 마라. 살면서 누구도 첫 번째 화살을 피할 수는 없다. 그러나 스스로 만들어 쏘는 두 번째, 세 번째 화살은 피할 수가 있다. 고통은 첫 번째 화살만으로도 충분하다.

나는 생각이 많다는 사람을 믿지 않는다. 겉으로 내색은 안 하는데 생각이 많다는 사람은 생각을 끝까지 하지 않았거나 욕심을 버리지 못하는 경우가 많다. 예를 들어, 이런 경험이 있었다.

어떤 그녀와 나는 해외여행 중이었다. 하루는 쇼핑을 하러 갔는데 너무나 다양하고 맛있어 보이는 초콜릿과 쿠키가 있었다. 그녀가 내게 물었다.

"이 초콜릿 살까?"

내 대답은 당연했다.

"그래 사. 맛있어 보인다."

"먹으면 살찌지 않을까?"

"찌겠지."

"그럼 어떡해?"

나는 대답한다.

"그러면 사지 말아."

그러면 그녀는 울 듯한 얼굴로 말했다.

"그래도 맛있어 보여."

나는 말했다.

"그럼 사 먹어."

"살찌잖아."

이것이 60이 다 된 내 친구와 나의 대화이다. 나이를 먹는다고 생각이 깊어지는 일은 절대 없다. 나이를 먹으면 생각은 더 정체되고 고루해지기 쉽다. 나는 요즘 그녀를 만나지 않는다. 그녀의 미성숙한 투정을 다 받아주었던 과정이 우리의 과거의 오래된 우정 때문이라는 생각에서였다. 이런 나의 결정이 너무하다고 생각하시는 분들은 그런 친구를 달래가며 만나셔도 좋다. 그건 당신의 선택이고 당신의 선택이 모인 것이 당신의 인생이다.

누가 뭐래도 습관적인 관계를 이어가지 마라. 더구나 그 관계가 당신을 조금씩 파괴해가고 있다면. 더 나아가 성장하지 못하는 관계에는 가끔 겨울잠을 자게 해라. 그리고 가끔 친구들에게 자신의 자연스러운 모습을 몰래 찍어달라고 부탁하라. 그리고 당신이 판단해라. 당신이 의식하지 못할 때 당신의 모습 그것이 당신의 진실한 모습이다.

구례구역으로 가는 길에는 아름다운 유채꽃들이 피어나고 있었다. 나는 이 아름답고 찬란한 봄이 사무쳐 약간 울먹했다.

착한 딸이
되지 않기로 하자,
마음먹은 순간

그녀는 뜻밖에도 밝은 얼굴로 기차에서 내렸다. 섬진강 가로 오는 것이 그녀에게는 얼마나 큰 기쁨인지 나는 안다.

"그날 엄마와 아빠가 죽는다고 해놓고 절대 죽지도 않고 저희 집으로―저희 원룸으로―오실까 봐 집에도 못 들어갔어요. 이틀을 동네 모텔에서 자고 새벽에 들어가 옷을 갈아입었지요. 그런데 이런 생각이 들었어요. 말로 하자. 정확히 내 의견을 이야기하자. 그렇게는 못 하겠다고 하자."

반가운 변화였다. 당하고 분노하고 원망하는 그 순환을 벗어나 처음으로 당당하고 담담하게 맞서게 된 것이리라. 언제나 상상하는 것이 훨씬 더 두려운 법이다.

"그랬어? 어떻게 그런 생각이 들었어?"

내가 물었다.

"언니 전화 끊고 많이 울다가 생각해봤는데…… 언니가 늘 물으셨잖아요? 네가 정말 원하는 게 뭐니? 그걸 찾아."

"그랬지"내가 대답했다.

"언니한테 엄마 아빠 지겹다고 빚 갚는 거 지겹다고 하면서 저 자유롭고 행복하고 싶어요 했지만, 제일 원하던 게 그건 아니었다는 사실을 깨달은 게 첫 번째 이유였던 거 같아요. 잘 생각해보니까 내가 정말 원하던 것은."

그녀가 잠시 말을 멈추었다. 이건 중요한 순간이었다. 나도 잠자코 그녀의 말을 기다려주었다.

"언니, 내가 원하던 것은 내가 장녀로서 어서 이 집안을 일으켜서 다시 예전처럼—다시 생각해보니 그 예전이란 게 있지도 않았지만—우리 가족 오순도순 살고 싶다. 어서 돈 많이 벌어서 우리 큰딸 덕에 우리가 이렇게 행복하다 이런 소리 듣는 거……."

J는 말을 다 마치지 못하고 울기 시작했다. 내 가슴으로도 약한 통증이 지나갔다. 저 과녁을 정확히 찾아내기까지 J는 많이 아팠으리라.

과녁.

히브리어의 '죄'라는 말의 어원이 과녁을 빗나가다, 라는 뜻
이다. 놀랍지 않은가. 나는 가끔 이 어원을 생각하곤 했다. 무
언가 핀트가 맞지 않는다. 그게 나이든 상대방이든 무언가 살
짝 이상하다, 생각하면 멈추어야 한다는 것도 그때 배웠다.

"언니 나 너무 유치하죠? 맏딸 콤플렉스 같은 거 걸린 애들
멸시하며 살았는데 내가 그 사람이었어요."

J는 또 울었다. 나도 안다. 무의식 속의 동기가 유치하면 할
수록 우리는 더 가면을 쓰게 되고 일은 한없이 꼬인다. 내가
왜 모르겠는가. 어제의 내가 그랬는데.

내 친구는 알고 보니 자신의 소원이 다시 "누군가의 무릎
에 앉아 3살짜리처럼 귀여움을 받는 것"이라는 걸 알아내고
대성통곡을 하기도 했다. 우리 안의 아이가 아직 자라지 못
하고 울고 있기 때문이다.

"우리 모두 유치해. 유치한 걸 감추려고 몸부림치는 거지.
그러나 알았으니 됐어. 신기하게도 무의식 속에 가려져 있
던 것이 일단 의식 속으로 떠오르면 우리는 치유되는 거야.
그런데 그 무의식을 알아내기가 힘들어. 우리가 온갖 것들로
그것을 덮어놓았으니까. 그래서 혼자 있는 시간이 필요한 거

야. 혼자 있으면 자기가 얼마나 비참한지 어렴풋이 알게 되
거든. 그건 부끄러운 게 아닌데 보통 사람들이 이쯤에서 뛰
쳐나가. 자기의 비참함을 잊게 해주는 어딘가로 가서 무엇을
하지. 그런데 넌 큰 걸 하나 해낸 거야. 네가 발견한 것이 유치
할지라도 네가 그것을 발견하기 위해 한 여정은 위대하기까
지 했어. 축하해 J야."

나는 그녀의 손을 잡았다. 그러자 어느 책 한 구절이 다시
떠올랐다.

나도 괜찮지 않고 너도 괜찮지 않다. 그러나 괜찮다.

J가 다시 말했다.

"내가 착한 딸이 되지 않기로 하자, 라고 결심하는 순간 모
든 것이 다르게 보였어요. 내가 그런 생각을 하고 있는지 몰
랐어요. 엄마가 '나쁜 년!'이라고 하는 게 친척들이 그렇게 말
하는 게 뭐가 그리 두려운 일이었을까요?"

"그거 두려운 일이야."

내가 대답했다. J가 얼핏 놀라는 표정을 지었다.

"착한 딸이라고 칭찬받으면 좋지. 나쁘다고 손가락질받는

거 싫지. 무섭고 두려워. 맞아."

"언니는 그런 거 두려워하지 않으시는 줄 알았어요."

"자기 자신을 알아간다는 것은 뇌가 손상된 것처럼 모든 것에 무감각해진다는 것이 아니야. 도라도 통한 것처럼 다 흘러가느니라 이런 지당 도사가 되는 일도 아니야. 자기 자신을 알아간다는 것은 더 민감해지는 일이야. 자기 자신을 알아가고 소중히 여기는 일은 '용기란 두려운 것이 없는 게 아니라 그보다 더 소중한 일이 있다는 것을 아는 것이다'라는 말처럼 무엇이 더 중요하고 지켜야 하는 가치가 있는 일인지 순위를 매기는 일이야."

"'용기란 두려움이 없는 것이 아니라 그보다 더 소중한 게 있다는 것을 아는 일이다' 이거 언니가 『즐거운 나의 집』에 쓰신 거잖아요. 그때 밑줄 치며 외우기까지 했는데."

J가 눈물을 그치고 말했다.

"순위를 매긴다는 거 그렇게 중요한 일이야. 비행기 타본 적 있지?"

내가 물었다. 그녀가 뜬금이 없다는 듯 그러나 살풋 웃으며 예, 하고 대답했다.

"비행기를 타면 전 세계 모든 사람들에게 공지하게 되어 있는 문구들이 있어. 바로 위급 상황에서 어떻게 행동해야 하는지에 대한 거야."

그녀가 약간 의아해하며 고개를 끄덕였다.

"그중에 이런 말이 있어. 만일 기내에 산소가 부족하게 되면 천장에서 자동으로 산소마스크가 내려옵니다. 노약자나 어린이를 동반하신 분은 먼저 자신이 그 마스크를 쓰시고 후에 노약자나 어린이에게 마스크를 씌워주시기 바랍니다."

J가 고개를 갸웃했다.

"비행기 재난 매뉴얼 전 세계 최고의 전문가들이 만든 거야. 수만 번의 시행착오와 검토와 그런 것들을 거쳤겠지."

"그랬겠죠."

"만일 아픈 엄마나 아픈 아이를 데리고 탔을 때, 비행기가 위급한데 산소마스크가 떨어져 내리고 내 곁의 아이나 엄마가 괴로워하고 있으면 어떨까? 내가 먼저 산소마스크를 써야 한다? 그럼 내가 나쁜 사람처럼 느껴졌을 거야. 난 그랬을 거 같아."

"저도요."

그녀가 대답했다.

"그래서 그런 안내를 하는 것 같아. 그중 건강한 당신이 먼저 안전해지고 나서야 진정으로 당신 주변을 구할 수 있습니다. 잊지 마. 그 재난 매뉴얼을."

그녀는 고개를 많이 끄덕였다.

그러나 릴케가 『젊은 시인에게 보내는 편지』에서 이미 말했듯이 나도 그녀에게 말하고 싶었다.

그러나 한 마디 더 당신에게 드릴 말씀이 있다면, 바로 이런 것입니다. 당신을 위로하려고 애쓰는 자가 때때로 당신을 기쁘게 하는 단순하고 조용한 말 그늘에서 아무런 고생도 없이 살고 있다고는 생각지 마시기를. 그의 삶도 많은 고생과 슬픔에 차 있고, 당신보다 훨씬 뒤져 있습니다. 그렇지 않다면 그는 그러한 말을 찾아낼 수 없었을 것입니다.

"우리 맛있는 거 먹자. 구례의 명물 가오리찜하고 돼지 족탕!"

그녀가 소리쳤다.

"야호!"

이쯤에서
선을 긋자.
그만해 그 말

우리는 점심을 먹고 강가로 나갔다. 4대강에 들 정도로 커다란 강이 아니어서 행운이었던 섬진강은 이명박 정권의 철퇴를 피해서 은모래와 대나무 숲을 간직한 아름다운 강이었다. 김소월의 〈엄마야 누나야〉라는 노래가 절로 나오는 아름다운 섬진강.

엄마야 누나야 강변 살자
들에는 반짝이는 금모래 빛
뒷문 밖에는 갈잎의 노래
엄마야 누나야 강변 살자

나는 운동화를 벗고 맨발로 은모래 길을 걸었다. J는 저만

치서 담배를 피우고 있었다. 유채꽃들이 피어난 강변은 노랑으로 빛나고 있었다. 점심을 맛있게 먹고 은모래 변에 나와 담배를 피우는 J가 이제 좀 평화로워 보인다고 나는 조금 안심했다. 나는 담배를 피운 J가 이리로 오면 들려주고 싶은 말이 있었다.

나는 기억한다. 나도 엄마에게 벗어난 일이 있었다. 이 세상에 태어난 한 존재에게 엄마라는 사람은 얼마나 엄청난 존재인가. 나로서는 두 번째 이혼을 한 이후라고 생각되는데 엄마가 내 이혼 때문에 몸져누우셨다는 연락을 받았다. 나는 친정으로 달려갔는데 이모들과 형제들이 와 있었다. 모두들 말은 안 해도 나를 비난하는 분위기였다. 그도 그럴 것이 우리집에는 사실 나 말고는 별로 문제를 일으키는 사람이 없는 그저 '오늘도 늘 무사히' 같은 집안이었기 때문이었다.
나의 엄마는 내가 처음 이혼했을 때도 쓰러지셔서 입원까지 하셨었다. 나는 그때 돌 된 나의 딸을 들쳐 업고 엄마 병원에 들러 불효까지 저지르는 나의 쓰라림에 대해 아파했었다. 그런데 두 번째 이혼으로 내가 불행하다는 것의 끝에 이를 만큼 불행할 그 무렵—내 나이 서른두 살 무렵, 객관적으로는 이후로 더한 일들이 일어났지만, 그때가 내게는 주관적으로 최악의 시기였다—나에게 약간 다른 생각이 들기 시작했다. 아마도 그 변화는 내가 엄마가 되었기 때문이었을 텐데 내가 불행할 때마다 쓰러지는 엄마가 이상하다고 느끼기 시작한 것이었다.

내 딸을 보며 나는 생각했다. 만일 이담에 커서 내 딸이 나와 같은 이유로 이혼을 하게 된다면 나는 내 딸을 달래고 위로하고 치유하기 위해 병석에 누웠다가도 벌떡 일어날 것이 틀림없었다. 내가 착해서가 아니라 내가 에미이기 때문에 그럴 것이었다. 그런데 왜 우리 엄마는 내게 나쁜 일만 일어나면 건강하던 자신이 몸져눕는가? 의문은 여기서 시작되었다.

이제 와 돌아보면 엄마의 행동도 그저 사랑의 여러 형태 중의 하나이고 결국은 미성숙한 인간이 가지는 어리석음의 발현이지만 나의 의문은 계속되었다. 내게 불행한 일이 생기면 엄마가 쓰러지고 이모들과 외삼촌, 아버지와 형제들이 나를 비난하게 되었다. 내 불행도 버거웠던 나는 거기에 불효의 죄까지 쓰고 죽고 싶어, 죽고 싶어, 되뇌고 있었다. 그런데 나는 생각한 것이다. 쓰러져야 할 사람은 내가 아닐까? 내가 쓰러지지 못하는 이유는 단 하나, 내게 어린아이들이 달려있기 때문인데 왜 똑같은 엄마인데 엄마는 쓰러지고 나는 쓰러지지 않는 것일까?

어린 시절부터 어른들이 우리에게 한 말이 있었다. 아버지도 말했다.

"엄마는 예민한 사람이니 말을 함부로 하지 말아라."

"네 엄마의 신경이 워낙 예민하고 잘 아프니 조심하거라."

"엄마는 칼끝같이 예민하니 너그러운 네가 엄마를 잘 보필하거라."

나는 언제나 착한 딸이었고 우리 형제들도 모두 그랬다. 그런데 그 무렵 내가 큰소리로 엄마와 맞섰다. 뭘 잘한 게 있다고 큰소리까지! 하고 친척들이 말했고 나는 아마도 어렴풋하게 더 이상 착한 딸이기를 포기했던 것 같았다. 서른이 넘고 아이가 둘 딸린 이혼녀가 되어서야 말이다.

"엄마가 예민하다고? 내가 더 예민해. 쓰러진다고? 쓰러져도 내가 쓰러져야지 왜 엄마가 쓰러져? 난 내 딸이 이런 불행을 당하면 내 딸 때문에 아프지도 못할 거야. 그런데 내가 힘들면 꼭 엄마가 아파! 이상하지 않아?"

밤이었다. 우리는 심하게 싸웠고 내가 착한 딸이기를 포기하자 엄마는 거의 혼절에 가까운 반응을 보였다. 게다가 엄마는 몇십 년째 고혈압약을 복용하고 있는 환자였다.

아직도 그날 밤을 기억한다.

갈 곳 없는 내가 친정에서 자고 있는데 아버지가 방문을 두드리셨다. 시계를 보니 새벽 두 시 반이었다.

"지영아, 엄마가 집을 나갔다. 내가 차를 가지고 좀 찾아 다녀보마."

나는 그 자리에 일어나 앉았다. 아버지가 나가시고 이웃 아파트에 사는 이모와 외삼촌들까지 모두 엄마를 찾아 나선 모양이었다.

이혼한 주제에 친정에 와서 엄마와 싸우고 분란을 일으킨 나쁨의 표본인 나는 그 자리에 앉아 나 자신에게 물었다.

"후회하니?"

"……아니."

아니라고 스스로 대답하는 내 음성은 떨렸다.

"엄마가 생각보다 반응이 격렬하시네."

"정곡을 찔러서 그럴 수도 있어."

"혹시라도 홧김에 거리로 나섰다가 바람도 찬데 고혈압으로 쓰러지시고 돌아가시기라도 한다면."

이 질문에 나는 몹시 흔들렸다. 엄마가 찬 바람 이는 새벽

거리에 쓰러져 있는 환영이 보이기도 했다. 그때 영원히 내게 돌아올 손가락질을 생각했다. 마음이 많이 아팠다. 그러나 나는 이상하게 아주 차분해지고 있었다.

"네가 엄마를 내쫓은 것이 아니잖아."

"그건 그래."

"딸이 엄마에게 그런 말을 했다고 모든 엄마가 나가는 것은 아니잖아."

"그것도 그래."

"그럼 이 밤에 집을 나가고 설사 거리에서 쓰러져 돌아가신다고 한들 그 책임은 전적으로 엄마에게 있어. 엄마는 성인이고 자신의 행동에 대해 그게 무엇이든 책임을 져야 해. 네 후회나 반성은 각기 성인이라는 그 기반에서 하는 것이 맞아."

마음이 차고 단단해지기 시작했다.

그리고 나는 잤다. 밖에서 엄마가 돌아오고 이모들이 떠드는 소리가 났다. 일어나 보니 엄마가 나를 불렀다. 커피를 가지고 엄마 곁에 앉아 나는 이제껏 내가 지어온 모든 표정 중에서 가장 차가운 표정을 지었다. 뭐랄까. 이제 엄마와 내가 자신의 삶을 책임지는 한 사람으로 각자 서로 만나는 기분이

들었다. 그런 기분은 처음이었다.

엄마가 뜻밖의 말을 꺼냈다.

"미안하다. 내가 미안했어."

생각지도 못한 반응이었다.

"엄마가 뭘 잘못했는지 알기는 해?"

내가 묻자 엄마가 무겁게 울먹이며 다시 대답했다.

"뭐라고 네게 다 말은 못 하는데, 그런데 느껴졌어. 내가 잘못했다는 것."

나는 그때 어렴풋하게 알았다. 오래된 관계에서 한 사람이 변하면 다른 한 사람은 당연히 저항한다. 변화를 싫어하는 것은 우리 모두의 나쁜 악습이기 때문이다. 그러나 관계에서 결국, 한 사람이 바뀌면 관계는 변한다. 그 한 사람이 자기 자신을 소중히 여기고 자신에 대한 자긍심으로 굳건하다면 나머지 한 사람도 결국 그렇게 된다.

지금 여기 그리고 나 자신.

그래서 모든 종교, 수련, 모든 정신과 상담, 모든 영적 여정은 자기가 하는 것이다. 다른 사람을 데리고 가지 않고 말이다.

그게 거의 30년 전이다. 엄마는 지금 구순이시다.

세상 모든 관계 중에서 특히나 가족에게 있어서 서로를 성인으로 인정하는 것은 몹시도 중요한 일이다. 성인이란 자신의 의지에 따라 행동할 자유를 가지는 것이고 그 자유로운 행동에 대해 책임을 지는 것이다. 이것은 엄마와의 관계에 대해서뿐만 아니라 딸하고의 사이에도 일어났다.

대학에 들어간 딸이 어느 날 열두 시가 다 되도록 들어오지 않았다. 어린 시절 아버지에게 하도 일찍 들어오라는 간섭을 받고 자라난 터라 나는 될 수 있으면 딸에게 간섭을 하지 않으려고 애썼다. 그러나 걱정이 되는 것은 어쩔 수가 없었다. 게다가 세상이 너무 두렵기도 했었다.

그러고 보니 어린 시절 아마도 대학 1학년 때 늦게 술에 취해 들어오는 나를 두고 혼내시는 아버지에게 내가 물었었다.

"아빠 제 일은 제가 알아서 해요. 저는 성인이고 설사 술을 마신다 해도 제가 제 자신을 책임지니까 제발 더 이상 간섭하지 말아주세요."

그러자 아버지가 말씀하셨다.

"너를 못 믿는 게 아니라 세상을 못 믿는 거야."

그래서 내가 대답했다.

"아빠가 두려워하는 세상, 못 믿는 그게 뭔데요? 섹스? 순결? 내가 알아서 내 몸을 간수할 거고 나는 성인이니 내 몸에 대해 내가 내 권리를 행사하는 것을 아버지가 간섭할 일은 아니죠. 또 설사 그렇지 못한 일이 일어나면 그건 엄연히 폭력이니까 아빠가 날 치료해주면 되는 거지. 왜 일어나지도 않은 일을 가지고 절 괴롭히시는 거예요."

아버지의 얼굴이 하얗게 질렸다. 아직 성폭력, 성추행이란 단어조차 없던 시절에 아버지에게 섹스?라고 해댔으니 거기다 스무 살짜리 막내딸이 술에 취한 채로!

그러나 지금 돌아봐도 내 말을 후회하지는 않는다. 맞는 말이다. 다만 내가 부모가 되어보니 이 세상에서 딸을 키우는 것이 확실히 아들을 키우는 것과는 다른 일이란 것만은 분명했다.

11시까지 "엄마 나 금방 갈 거야" 하고 혀가 꼬부라졌던 딸은 12시가 지나자 아예 전화기가 꺼져 있다는 신호만 보내왔다. 이럴 때 나는 나인홀드 니버 혹은 성 프란치스코의 기도라고 알려진 것을 외운다.

주님 제가 변화시킬 수 없는 것을 받아들이는 평화를 주시고
제가 변화시킬 수 있는 것을 바꿀 수 있는 용기를 주시며

이 기도는 내 인생을 바꾼 몇 안 되는 것 중의 하나이다.

이럴 때, 딸이 술을 마시고 있는 것을 확인했고, 전화기 배터리가 나간 것이 분명하고 연락할 방법은 없고 속이 끓을 때 나는 나의 태도를 결정해야 했다.

내가 할 수 있는 것이 무엇이 있을까?

첫째, 계속 노심초사하며 배터리 나간 전화기에 계속 전화를 해서 음성메시지를 남긴다.

"위녕 어디야, 빨리 전화해. 돈 줄 테니 무조건 택시 타고 와."

혹은 열심히 기도하며 창밖을 내다보고 차 소리에 귀를 기울인다. 혹은 집에 남은 술병을 찾아 몇 잔 들이켠 후 숙면을 취하면서 어차피 무슨 일이 생기면 내게 연락이 올 것이고 아니면 내일이라도 들어오겠지 하고 잘 잔다.

나는 세 번째를 택했다. 왜냐하면 기다려봤자 별 소용이 없을 것 같았고 또 기다렸다가 행여 아이가 들어오면 내가 애가 탄만큼 화를 낼 것 같기 때문이다. 술에 취한 딸에게 화를 내 봤자—이것이 주로 우리 부모님이 내게 쓰신 방법이다. 나를 전혀 회개시키지 못했던—아름다운 일이 일어날 확률은 제로에 가깝기 때문이다.

더구나 나도 술을 마시고 푹 자버리면 딸을 걱정하지도 않고 자버린 무심한 엄마라는 생각에 살짝 미안해져서 다음 날 함께 술국이라도 사이좋게 딸과 먹게 될 수도 있으니까 말이다. 나는 J에게 이런 말을 해주고 싶었다.

"J야, 살아보니까 말이야. 제일 좋은 관계는 내가 살짝—많이는 말고—미안한 그런 관계더라구."

그래서 그날도 술을 마시고 자려고 두 잔째 마시고 있는데 이상한 번호로 전화가 걸려왔다. 가슴이 쿵 하고 내려앉았다. 전화를 받자 딸이었다. 딸은 기분이 아주 좋아 있었다.

"엄마 나야. 내 전화가 배터리 나가서 택시 타고 아저씨한테 전화 빌려달라 했어."

나는 남은 잔을 한잔 더 마시며 느긋하게 대답했다.

"그래 택시비는 있어?"

딸이 이렇게 늦게 술에 취해 있는데 술을 마시는 약간 미안한 엄마였기에 딸에게 너그러울 수 있었던 것이다.

"엄마, 너무 늦어 택시비도 모자라고 그래서 아빠한테 가려고 전화했어. 아빠가 택시비 준다고 집으로 오래. 그래서 아빠 집으로 가려고 해. 괜찮지?"

"그래, 조심하고 아빠 집 도착해서 문자 하나 보내주고 잘 자."

뭐 다 좋았다. 딸의 안위도 확인했고 택시비는 아빠가 내 줄 것이고 나는 술도 한잔 먹고 나쁠 게 없었다. 다만 딸에게 이야기를 할 시간이 다가오고 있다는 것을 생각했다. 그리고 다음 날, 집으로 돌아온 딸을 내 방으로 불렀다.

물론 잔소리를 좀 하고, 잔소리 아닌 소리도 하기 위해서였다. 딸이 말했다.

"엄마 어제 미안해. 어젠 정말 취해서 시간이 그렇게 빨리 갔는지도 몰랐어."

내가 대답했다.

"그래 그럴 수 있어. 다만 전화기 배터리는 매일 체크해서 미리 채워놓기를 바란다. 그리고 또 하나 아무리 아빠에게 택시비를 물었다 해도 대중교통이 끊기고 그럴 때까지 택시 비도 없이 그렇게 마셔대는 것은 앞으로 하지 말았으면 해. 넌 아직 학생이잖아."

딸은 약간 새초롬해서 대답했다.

"알겠어. 다만 고민이 많아서 그랬어 엄마. 대학교도 내 생각과 다르고."

"앞으로 이 세상에 네 생각처럼 되는 것보다 네 생각과 전혀 다른 일투성이야. 그럴 때마다 술 마시고 세상 핑계 댈 수는 없잖아."

딸은 내 말에 약간 날카로워지고 있는 것 같았다. 왜냐하면 그전에 나는 늘 딸에게 미안한 마음에 "그랬구나. 네가 오죽하면 그랬겠니? 다 엄마가 네 아빠랑 이혼하고 네가 마음고생해서 그런 걸 거야" 했던 엄마이기 때문일 것이다.

"엄마는 이해 못 해. 엄마의 엄마는 엄마가 어릴 때 할아버지랑 이혼하지 않았잖아."

이쯤 되면 딸은 나의 아픈 점을 찌르며 들어왔다. 그 아이의 인생 전체 동안 나를 꼼짝 못 하게 한 그 말.

'엄마는 이혼한 부모가 없잖아.'

내가 기다리고 있다가 대답했다.

"맞아. 너를 이해하기 위해 타임머신을 타고 가서 할아버지 할머니를 이혼하게 할 수도 없으니 네 말이 맞아. 다만 네가 언제까지 너의 행동에 부모 탓을 하려는지 오늘 그 이야기를 좀 하려고 해. 언제까지 그 말 할 거야? 저는 어릴 때 부모가 이혼해서 그래요 하고."

딸은 몹시 놀라는 것 같았다.

"스물다섯? 여섯? 서른? 마흔? 미안한데 나 이제부터 너에게 그런 변명 안 들어주려고 해. 너 지난봄에 선거도 했으니 이제 이쯤에서 선을 긋자. 그만해 그 말."

"그런 게 어딨어. 왜 어제까지는 됐는데 오늘은 안 된다는 거야? 그게 그렇게 무 자르듯 되는 일이야?"

딸은 당혹하며 반발했다.

"무 자르듯 되는 거 아니니까 잘라봐. 싫으면 언제까지 할 것인지 정해서 내게 말해줘. 내가 생각해보고 받아줄게."

딸은 대답하지 않았고, 그 이후로 오래도록 말이 없었다. 그리고 다시는 그 말을 내게 꺼내지 않았다. 나는 아직도 그 일에 대해 그녀에게 고맙다.

우리 부모님은
절망이에요

내가 처음부터 이렇게 쿨한 사람이었다고는 아무도 생각하지 않는다. 나는 감정이 롤러코스터를 타는 사람이고 소설가답게 상상력을 부풀려 일어날 수 있는 온갖 변수를 다 상상해 공포에 떠는 종류의 사람이었다. 혹여 내 행동이 쿨하게 보였다면 그 이유는 단 하나이다. 내가 그렇게 연습했기 때문이었다. 그런 책을 읽었고 어떤 사람이 되고 싶다 꿈을 꾸었고 나 자신을 점검했고 때로는 오랜 대화를 스스로와 나눴고, 그리고 또 연습, 또 연습.

마음에도 근육이란 게 있어, 라는 말을 처음 만들어낸 것도 그 무렵이었다. 『아주 가벼운 깃털 하나』라는 책을 쓸 무렵이었다. 지금은 그 말을 누구나 쓰지만, 그때는 그 말 자체가 황당한 개념이었을 거니까.

이쯤에서 지금은 구순이 넘으신 나의 아버지 이야기를 해야겠다. 이것도 내게 큰 영향을 미친 사건이었으니까.

아버지가 암이라는 소식을 들은 것은 아버지의 수술 날짜가 잡힌 다음이었고 나는 내 책 출판을 위해 해외로 나가야 하는 시간과 겹쳤다. 부모님은 우리 형제 모두에게 당신들의 병에 대해 단 한마디도 하지 않으셨다. 수술이 사흘 앞으로 다가온 때에서야 나는 언니를 통해 겨우 그 소식을 전해 들었다.

언니는 미국에 살고 있었고 오빠는 집이 대전이었다. 서울에 있는 자식은 나 하나뿐이고 아이들을 키우는 데 부모님께 제일 신세를 많이 지은 사람이 나였다. 나는 심각한 고민에 빠졌고 미리 그 소식을 알리지 않고 나에게 죄책감을 주는 부모님이 미웠다.

나는 최악의 경우, 외국행을 포기할 생각을 했다. 책은 또 나올 수도 있지만, 부모님이 이렇게 힘드실 때 모른 척한다면 영원히 감당하기가 어렵다는 생각 때문이었다. 그리고 아버지와 통화를 했다. 아버지는 차분하게 말씀하셨다.

"여기 의사도 있고 간호사도 있고 심지어 네 엄마도 있다. 너는 외국으로 가야지 왜 병원으로 온다는 거냐?"

나는 무어라 대꾸하려 했지만, 눈물부터 흘렀다.

'말도 안 돼요. 어떻게 그럴 수 있어요. 제가 외국으로 가는 걸 포기하겠어요.'

아버지의 말은 차분했다.

"지영아, 내 나이 80이 다 되어간다. 지금 죽어도 아무 여한이 없어. 게다가 우리 지난 주말에 함께 식사했잖니? 맛있었어. 그때 아빠는 마음속으로 어쩌면 너와 작별을 각오했다. 좋은 추억이었잖아. 그러니 다녀오거라. 만일 무슨 일이 있어 아빠가 죽으면 지난 주말 아빠와 식사한 것이 우리의 마지막 추억이 되는 것이고, 만일 아빠가 무사하면 네가 다녀와 만나면 되는 거야. 늙은이는 죽어가는 게 당연하고 젊은 너는 네 일을 하는 게 맞다. 더구나 외국에 한국문학을 알리는 일이 아니냐."

나는 아버지와 많이 닮은 딸이었다. 순간 내가 아버지였더라도 자식에게 이렇게 말할 거라는 생각이 들었다. 그리고 눈물 속에서 나도 이다음에 우리 아이들에게 이렇게 말해야지 하는 생각도 들었다. 그럼에도 불구하고 지금도 나는 나에게 자유를 주신 부모님께 감사를 드린다.

그러자 문득 일본의 어떤 작가가 생각났다. 그분은 일본에

서 몇 안 되는 가톨릭 작가로도 유명하지만 늙어감의 문제에
대해 지혜로운 길잡이로 내가 좋아하는 작가이다. 그분과 남
편은 둘 다 외동으로 나이가 든 후에 각자의 어머니를 모두
모시고 살게 되었다고 했다. 그런데 이 두 분이 다 병석에 누
워 얼마 못 살지도 모르는 상황에 처한 것이다.

그녀와 그녀의 남편은 둘 다 문학 강연자로서 전국을 다니
며 강연을 하는 것이 직업이었는데 혹여라도 당일에 다녀오
기 버거운 곳에서 강연 요청이 오면 혹시나, 자신들이 며칠
동안 그 지방으로 간 사이에 두 분 중 한 분이 잘못되시면 어
쩔까 하는 생각에 응하지 못했다고 했다. 두 분이 모두 아프
셔서 병원비 지출은 더 늘어나는데 수입은 많이 줄었고 두
사람은 여행조차 가지 못하게 되었다고 했다. 그래서 두 사
람은 이 문제에 대해 함께 의논하기 시작했다.

어머님이 혹시라도 내가 강연 간 사이에 돌아가실까 싶어
지방에 가지 못하는 것이 과연 합당한가의 문제 말이다. 결
론은 이것이었다.

"지방 강연 요청이 오면 부모님의 상태가 아니라 나의 상
태, 그 강연의 조건에 따라 결정한다. 부모님 때문에 여행과
강연 모두를 중지하고 나면 겉으로는 효도하는 것처럼 보일

지 몰라도 마음 깊은 곳에서 자기도 모르게 어서 돌아가시면 좋겠다고 생각하는 더 큰 불효를 저지르게 된다. 뿐만 아니라 위선적일 수도 있다는 결론에 다다른다. 한 명이 강연을 하는 동안 한 명이 도쿄에 있으니 장례를 준비할 수 있다는 결론, 설사 그렇지 않더라도 삶과 죽음에 대해서는 하늘에게 자비를 구하자'라는 결론 말이다.

두 사람은 그 후로 활발한 문학 강연 활동을 했고 뜻밖에도 두 분 모두의 임종을 부부가 다 지키는 행운도 누렸다고 전했다. 이분의 경험 역시 내게 큰 울림을 주었다. 이 부부의 성숙한 태도가 나를 더욱 분발시켰던 것이다.

"언니 부모님이나 일본 작가 같은 분들만 계시면 얼마나 좋을까요? 그러나 우리 부모님은 절망이에요."

J는 말했다. J의 말이 맞을 것이다. 그런 부모님이 계셨다면 훨씬 더 쉬울 것은 당연했다. 그러나 세상에 같은 사람은 없다. 누군가의 집안에 청진기를 대보면 누군가의 집안에서든 신음이 들린다. 행복하기만 한 가정을 아는가? 글쎄 그런 집은 없다. 다만 불행을 줄여가기 위해 노력하는 집안은 있겠지.

관계란 상대방과 나의 접점이다. J는 물론 어린 시절부터—그녀의 탓은 아니겠지만—부모의 응석을 다 받아주고 심지어 어떤 순간부터는 집안을 일으키겠다는—나라도 아니고 집안을—헛된 꿈을 꾸며 자신이 부모인 양 자신의 부모를 돌봤다. J는 결혼도 미루면서 살았다. 무의식을 더듬어보면 그 두 사람이 이미 자식 노릇을 하고 있었기에 결혼할 필요조차 크게 느끼지 않았는지도 몰랐다. 부모인 두 사람이 아직 경제적 능력이 있던 순간에도 J는 그들로 하여금 노동을 요구하지 않고 모든 것이 자신의 책임인 것처럼 굴었다. 오히려 J에게 그리 큰 경제적 행운이 따라주지 않았던 것이 나는 다행이었다고 생각한다. 경제적 행운이 없었기에 J는 이제 깨달음의 행운을 얻을 기회를 맞이한 것이다.

"그것도 그러네요. 생각하기에 따라서."

J는 이곳에 도착한 이래 처음으로 웃었다.

"세상에 나쁘기만 한 것은 없어. 다만 그 비율이 문제겠지만."

당신을 힘들게 하는 사람이 있는가? 그 사람이 부모든 자식이든, 누구든 가장 중요한 것은 첫 번째로 물리적 거리를 두는 것이다. 독립을 하고, 방이나 집을 따로 정하고, 거리를 두기를 바란다. 이것은 매우 중요한 일이다. 거리를 두는 것. 물리적 거리. 정 불가능하면 정신적, 시간적 거리라도 두기를. 스스로의 능력을 정확히 재단해서 해드릴 수 있는 것과 해드릴 수 없는 것을 통보하기를. 그분들도 성인이다. 당신들이 부모처럼 부모를 돌보는 순간 약한 그분들은 아기로 돌아가고 싶어진다. 잊지 말기를. 약간 미안한 관계가 가장 좋은 관계라는 것을.

자기 자신을 지키고 소중히 하는 일에 조금 익숙해지고 나면 봉사활동도 할 수 있다. 주변의 가난한 할머니들, 할아버지들 혹은 고아들을 돌볼 수 있다. 하물며 내 부모도 못 돌보랴. 그러나 그때에도 내 자존과 조건은 고려되어야 한다. 산소마스크가 떨어져 내릴 때 미안한 마음을 잠시 접고 내가 먼저 그걸 써야 하는 것이다.

싫어요,
그냥 싫어요⋯⋯

그날 이후 J는 신경정신과에 다닌다는 소식을 전해 왔다. 요즘에는 그것도 약간의 보험이 적용되어 20여 년 전 나의 경우와 달리 그리 많은 돈이 들지 않는 것 같았다. 정말 다행이었다. 마음이 너무 힘들 때 먹는 약도 받았다고 했다. 그리고 나서 J는 덧붙였다.

"언니 놀라운 이야기가 있어요."

"뭔데?"

"우리 정신과 의사 선생님 할머니이신데, 언니랑 너무 똑같은 소리를 하시는 거예요."

"그래? 뭐라고 하셔? 그분 누구신지 뵙고 싶네."

"가끔은 한 수 더 떠요."

"더 떠?"

"네. 제가 부모님 이야기를 했더니 농담처럼 말씀하셨어요. 걱정 말아요 J. 원래 사기꾼들은 이 사람이 자기의 정체를 알아내면 다른 사람에게 가게 돼 있어요. 그리고 이 세상은 넓고 사기당할 사람은 많아요."

우리는 할머니 선생님의 서늘한 객담을 이야기하며 웃었다. 그리고 그 선생님의 예언대로 혹은 복지혜택을 받아 J의 부모님은 다른 분의 도움으로 거처를 얻었고, 그리고 생활보조금도 받게 되었다는 연락을 받았다. 최소한 J는 이제 "내가 훌륭하게 되어 내가 돈을 많이 벌어서 집안을 일으키겠다"라는 허황된 생각을 하지는 않는다. 게다가 오늘 아침에는 훌륭한 문자를 보냈다.

"언니, 생각해보니 제게는 아직도 악착같이 먹여 살려야 할 저와 귀하게 대접해야 할 제가 있어요."

그리고 더 시간이 지난 후 J는 다른 소식도 전해왔다. 신경정신과 테라피는 받지만 약은 끊었다고, 물론 그 부모님들도 잘 계시다. 나는 J가 정말이지 고마웠다.

그녀가 가고 나서 온 산은 천 가지 연둣빛으로 몽실거리고 찔레꽃이 피어났다. 키가 작은 차나무에 싹이 돋았다. 이

맘때면 지리산 남쪽의 모든 동네에서는 집집마다 한 해 동안 먹을 차를 덖는다. 나는 설레는 마음으로 차를 덖는 일을 도우러 집을 나섰다.

차는 크게 일반 녹차와 발효차 그리고 홍차로 나누어진다. 나는 체질상 찬 성질이 많은 일반 녹차를 마시지 못하므로 발효차를 만들었다. 찻잎을 따서 쌔들하게 말린 후에 심하게 비볐다. 푸른 녹찻잎들이 비벼지면 그것은 형태를 잃고 뭉그러지게 된다. 이때 타닌이 빠지고 향이 살아난다는 것이다.

나는 녹찻잎들을 비벼 형체가 없어지도록 으깨면서 된장을 생각했다. 차가 본래의 맛을 내기 위해서, 콩이 된장이 되기 위해 우리는 가끔 우리가 생각했던 우리의 형상들을 잃어야 하는지도 모른다. 그리고 발효차는 비닐을, 콩은 곰팡이를 뒤집어쓰고 일정한 시간을 견뎌야 한다. 어쩌면 고통뿐인 듯 느껴지는 그 시간들을 잊지 마시기를. 나비가 되기 위해 벌레는 자신의 몸을 마비시켜 번데기가 되어야 했고 꽃은 마치 죽음과도 같은 추락을 맞아야 했다는 것을.

벌레는 나비가 되려고 합니다.

꽃은 열매가 되려고 합니다.

인간은 완전한 인간이 되려고 합니다.

이것이 영성입니다.

누군가 그랬다. 진정한 자유인은 그저 싫으면 싫다! 라고 이야기할 수 있는 사람이라고. 차를 덖으며 생각했다. 난 불의에 대해서 비상식에 대해서 어떤 누구보다 용감했었다. 손가락질 같은 것도 아무것도 아니었다. 그러나 명분, 도의, 상처 줄 우려 앞에서 언제나 머뭇거렸고 가끔은 놀랍게도 끌려다녔다.

오랜 연습 끝에 나 이제사 겨우 입을 떼며 더듬거리며 말한다.

싫어요, 그냥 싫어요…….

내가 전화 안 받으면 그냥 전화 받기 싫은 거다.

내가 문자 씹으면 그냥 답하기 싫은 거다.

메일 답장 없으면 그냥 편지쓰기 싫은 거다…….

여기까지 오는 것이 결코 쉬운 일은 아니었다.

그리고 세 번째 방문객이 도착할 시간이 다가왔다.

어쩌면 고통뿐인 듯 느껴지는
그 시간들을 잊지 마시기를.

나비가 되기 위해 벌레는
자신의 몸을 마비시켜
번데기가 되어야 했고

꽃은 마치 죽음과도 같은
추락을 맞아야 했다는 것을.

Part 3

나는 기필코
해답을
찾아야 했다

◀

너는 앞으로
남은 생을
어떻게 살고 싶으냐고?

▶

아주 오랜만에 보낸 문자에서 그녀는 말했다.

"언니 몇 개월째 지옥 같은 나날들을 보내고 있어요. 도와주세요."

내가 전화를 하자 S가 말했다.

"남편이 바람을 피우고 있는 것 같아요."

21세기를 사는 대한민국 여성에게 이보다 더 치명적이고 매혹적인 단어가 있을까? 아니 세계 여성에게. 몇백 년째 똑같은 상황이 반복되는 드라마는 연일 시청률을 갱신하고 "미쳤어 미쳤어" 하면서도 눈을 떼지 못하게 한다. 그 주 시청자들은 모두 바람피우지 않는 남편을 둔 전 세계 여성들이라는 것도 참으로 아이러니하다.

하기는 예전에 읽은 심리학책에서 엄밀히 말해서 아내가

바람을 피우고 있다는 의처증은 현대의 어떤 약으로도 고칠 수 없는 불치병에 가깝지만, 남편이 바람을 피우고 있지 않을까 하는 의부증은 거의 진실에 가깝다는 말을 읽은 적도 있다.

일부일처가 이토록 오래 (사회주의자들과 페미니스트에 따르면 역사상 한 번도 '실제로는' 실현된 적이 없는) 안정된 이유는 여자들의 강력한 제지와 협박 그리고 거기에 호응하는 결혼제도, 특히 남편이 아내를 떠났을 때 따르는 강력한 처벌에 근거하고 있다고 주장하는 심리학자들도 있다.

남편이 바람을 피우고 있는 것 같다는 말에, 도와달라는 말에 처음으로 든 생각은 '그걸 내가 어떻게 도와?'라는 것이었다. 차라리 "언니 내가 바람을 피우고 있는 것 같아요(글쎄 이런 말이 가능할까? 그럴수도 있겠다), 언니, 언니가 바람을 피우고 있는 것 같네요" 같은 말에는 우리가 나눌 말이 있을 것이다.

그런데 그녀의 남편이 바람을 피우는 것도 아니고 피우는 것 같다는 말은 조금만 생각해보면 우리가 논의하기에는 적합해 보이지 않았다. 설사 그녀의 남편이 확실하게 바람을 피운다고 한들, 아니 내 남편이 바람을 피운다고 한들, 내 아들이 내 딸이 바람을 피운다고 한들 내가 무엇을 할 수 있을까. 어쩌면 나 자신이 바람을 피운다고 한들 우리가 할 수 있는 일이 그리 많지는 않을 거라는 것만은 확실한 것 같다.

가톨릭 피정을 하러 간 적이 있었다. 피정이란 여러 종류의 것이 있는데 대개는 조용한 곳으로 가서 기도하고 강연 듣고 혼자 침묵 속에서 기도하는 그런 과정을 말한다. 첫 강연 시간에 신부님께서 물으셨다.

"강의를 시작하기 전에 먼저 좀 묻고 싶어요. 여러분은 무엇 때문에 여기에 오셨나요? 나 자신이 문제가 많다고 느끼셔서 오신 분, 손들어보세요."

나는 주위를 둘러보았다. 아무도 손을 들지 않았다.

"그럼 먼저 남편이나 시어머니 혹은 자녀의 문제로 오신 분, 손들어보세요."

3분의 2 정도가 손을 들었다.

신부님께서 주변을 둘러보며 말씀하셨다.

"이 피정을 통해서 남편이나 아이, 시어머니를 바꾸고 싶으신 분은 지금 일어나 나가시기 바랍니다. 나는 여러분에게 아무 도움도 드릴 수 없을 것입니다. 제가 도움을 드릴 수 있는 사람은 오직 여기 오신 당신들뿐입니다."

일순 엄청난 침묵이 우리를 짓눌렀다.

"물론 한 가지 숨은 진실은 있습니다. 여러분이 변화하면 여러분 주변의 사람은 변화할 수밖에 없다는 것입니다. 관계는 레고의 요철과도 같아서 여러분의 돌출된 부분과 그들의 오목한 부분이 서로 맞아 관계가 이루어져 왔을 테니까요. 여러분이 여러분의 요철 모양을 바꾸면 그들은 그 관계를 끝내거나 아니면 당신의 새로운 요철에 따라 자신들을 바꿀 수밖에 없습니다. 혹시 제가 이런 일에는 도움이 될 수 있을지 모르겠네요. 이 관계, 그 사람의 현재에는 어느 정도 여러분의 책임이 있다는 것을 아셔야 합니다. 이것을 받아들이지 못하면 제가 지금부터 하는 강의는 아무 소용이 없을 것입니다."

S는 그야말로 재능과 미모를 갖춘 여자였다. 유수의 대학을 나오고 캠퍼스 커플이었던 남자와 유학을 다녀와서 잠시 자신의 전문적인 일을 하다가 얼마 전부터인가 일을 그만두고 집에서 지내고 있었다. 남편은 지방 출신으로 누구나 선망하는 대학을 들어가고 박사학위를 받았을 때 그가 살던 고장에 플래카드가 걸릴 정도로 뛰어난 인물이었다. 나는 잠시

외국에 머물 때 이 커플을 알게 되었다. 이 커플은 지적이었으나 소박했고 정의로웠고 인생의 깊이를 묻고 있는 아름다운 커플이었다. 딸을 둘 두었는데 딸들도 참 예뻤다. 나는 이들 부부와 잘 어울렸다.

S는 아름답고 영민하고 무엇보다 문학도였다. 내 책을 다 읽었고 따라서 나를 많이 이해하고 있었다. 우리는 말하자면 길거리를 걸어가면서 100번 정도를 함께 배를 잡고 웃을 정도로 잘 맞았다. 유머를 함께 나눌 수 있는 친구란 그리 흔한 사람이 아니니까.

S는 많은 책을 읽었고 신앙과 삶의 의미에 대해 묻는 여성이어서 나는 그녀를 많이 아끼고 있었다. 내가 먼저 한국으로 돌아오고 만남은 뜸해지기 시작했다. 삶의 의미를 묻던 S도 가끔 만난 자리에서 아이 학교 이야기와 남편의 승진 그리고 아파트 시세 이야기를 했다. 한국이라는 사회는 정말 힘이 세다, 라는 것을 나는 느꼈고 우리는 거의 오륙 년째 아주 상투적인 안부만 주고받는 사이였다. 그러던 S가 전화를 해서 말한다.

"언니, 남편이 바람을 피우고 있는 것 같아요. 몇 달째 지옥 같은 나날을 보내고 있어요."

나는 전화로 자초지종을 물었다. S는 영민한 여성이라서 기승전결을 잘 요약해 말했다. 끝도 없는 이야기를 늘어놓으며 "그래서 어떻게 된 거냐구?"라는 내 물음에 "글쎄 더 들어보라니까" 하며 자기 이야기에 함몰되는 사람은 아니었다는 말이다.

"남편이 돌아와 샤워하는 동안 우연히 핸드폰을 보게 되었는데 문자가 오는 거예요. 핸드폰이 꺼진 상태에서 문자를 뜨게 해놨더라구. 이름이 내가 아는 이름이었어. 그 남자 고향의 첫사랑."

"문자 내용은?"

"고마워 그렇게 할게. 노력해볼게…… 였어."

우리 사이에 잠시 침묵이 흘렀다.

나는 그거 가지고 무슨 바람을 피우겠니? 라든가, 요즘 세상에 남자들이 여자 하나둘 안 만나겠니? 그 정도야 늘 있는 흔한 인사말이잖아, 같은 말을 하지 않았다. 누군가 말하기를 세상을 속이고 아이들과 어머니까지 속여도 아내는 속이지 못한다고 했던가.

이제는 먼 옛날 어느 젊은 시절의 나는 똑같은 상황에서 이름도 뜨지 않는 문자로 011-777*-55**! (이 번호는 그냥 내가 지금 지어낸 것이다) 이런 문자 하나로 당시 나의 남편이 부적절한 만남을 하고 있다는 것을 알았으니까.

그렇게 잠시 침묵한 후 내가 물었다.

"너는 어떻게 살고 싶은데?"

"응?" S가 놀라며 물었다.

"네 남편 말고 너! 너는 앞으로 남은 생을 어떻게 살고 싶으냐고?"

영민한 그녀는 충격을 받은 듯했다.

◀

점점
사람이
싫어져요

▶

날이 더 따뜻해지기 시작했다. 아침에 일어나 정원에 나가보니 올해 첫 백합이 피었다. 순결하고 아름다워 아침부터 설렜다. 물을 주는데 장미가 병이 나서 마르고 있었다.—흑반병이라고 한다—베이킹소다, 식용유, 주방 세제 한 스푼을 500배 물로 희석해 스프레이로 뿌려주었다. 낫자, 낫자 말도 걸어주었다

크레마티스는 보랏빛 꽃을 피웠다. 보랏빛이 너무 예쁘다. 타고 올라갈 줄을 매어주고 데크를 청소하면서 새 꽃으로 야외 탁자를 장식했다. 바람은 더할 수 없이 진하고 달다. 어디선가 신선하고 아름다운 향기가 스며든다. 벼르던 아욱 씨를 뿌렸다. 벌써 된장국의 향내가 난다. 산골의 생활이 더할 수 없이 즐겁다.

나는 오랜만에 빵을 굽고 싶어 천연 발효종을 만들었다. 천연 발효종. 아무것도 필요 없다. 오직 물과 밀가루만 섞어 공기 중에 놓아둔다. 그러면 공기 중에 있는 어떤 효모들이 그리로 들어가 이스트 같은 역할을 하게 된다. 우리가 사서 쓰는 이스트는 공장에서 이런 과정을 거쳐 고체화한 것으로 나는 알고 있다.

날이 따뜻해지면 밀가루 반죽은 이 천연 효모와 함께 잘 부풀어 오른다. 처음 빵을 만들었을 때 반죽을 오븐에 넣으려고 하는데 그 부풀어 오른 밀가루 반죽의 보드라운 감촉에 충격을 받은 일이 있었다. 아주 오래된 우리 아이들 엉덩이 같은 감촉이었다. 그리고 처음 빵 굽기에 성공하던 날, 구워놓은 새 빵의 향기에도 신선한 기쁨을 맛보았었다. 후배가 보내온 문자가 떠올랐다.

"점점 사람이 싫어져요. 그래서 동물들이 좋다가 이제는 식물이 좋아요. 그중에서도 피었다 지는 꽃이."

나는 그 말을 이해한다. 다만 우리는 천국에 있지 않다. 어떻게 하든 사람들 사이에서 그들을 이해하며 살아내야 한다.

그때 문자가 떴다.

"언니, 나 섬진강 가는 기차 탔어. 언니가 힘들면 그냥 강만 보고 갈게."

평소 같았으면 나는 이런 문자를 많이 싫어한다. 약속 없이 허락 없이 하는 방문은 나를 경악케 한다. 아이들을 키울 때 엄마와 아파트 옆 동에 살았는데 엄마는 끝내 우리집 비밀번호를 모르셨다. 언제나 방문을 할 때 미리 전화를 하고 오셨다.

중학교 1학년 때인가 언니의 일기를 훔쳐 읽고 몹시 힘들었던 기억이 난다. 그때 이후로 남의 사생활을 많이 안다는 것이 고통이라는 것을 막연히 생각했던 것 같다. 서울에서는 단골을 만들지 않았다(술집만 예외⋯⋯ 단골 술집이 있어야 가끔 혼자 갈 수 있으므로). 나를 아는 것이 피곤했다. 이런 나의 습관을 싫어하는 사람이 많다는 것도 안다. 꼭 단골집에 가는 사람, 꼭 인사를 하는 사람을 나는 절대 싫어하지 않는다. 그러나 나는, 그렇다는 것이다. 그게 나니까. 더군다나 서울에서 시골에 내려오면 내가 대개는 숙박과 먹을 것 혹은 볼 것까지 책임져야 하는 것은 나로서는 이만저만 신경이 쓰이는 일이 아니다. 그러나 후배는 "죽을 것 같다"고 한다. 그리고 오래 연락 안 하다가 아쉬우니까 연락하는 것이 미안하다는 후배의 염치도 내게 전해졌다.

나는 문자를 보냈다.

"오늘은 택시 타고 들어와. 구례구역 앞에 택시들 쭉 있어."

◄

나는 내가
나이 먹어가는 것을
싫어하고 싶지 않았다

►

나는 손님맞이를 위해 서둘러 집 안을 청소했다. 오늘 노란 나리도 피어났다. 호박꽃과 하얀 하늘 수박꽃 피고 천년초 선인장의 진노랑 꽃은 눈이 부시다. 하얀 레이스 같은 옷을 입은 프랑스 데이지와 약으로 쓰는 에키네시아, 열대에서만 피는 아메리칸 블루도 피어났다. 오늘 손님맞이용 꽃꽂이 컨셉은 석류꽃…….

아름다운 것들은 다 가시가 있다. 가시가 없다면 벌써 멸족했겠지. 사람 때문에 지옥 같은 나날을 보냈던 시간들이 아스라한 전생처럼 떠올랐다. 어쩌면 나는 안다, S의 지옥을. 거기서 헤어나오기 위해 피 흘렸던 나의 젊은 날들을 나는 나도 모르게 중얼거렸다. 석류 가지를 잘라 화병에 꽂으면서 말이다.

"죽는 날까지 꽃을 피우다 가고 싶다."

집에 도착한 S는 생각보다 밝았다. 오랜만에 보니까 나도
몹시 반가웠다. 준비해놓은 아이스커피를 가지고 우리는 섬
진강이 바라보이는 우리집 데크에 나란히 앉았다. 새들이 분
주히 울며 나르고 새벽부터 울던 뻐꾸기도 여전했다. 그때
난데없이 S가 훅, 하고 울음을 터뜨렸다. 내 마음이 그녀의 울
음소리를 따라 툭 하고 떨어져 내렸다. 나는 그녀가 조금 더
흐느끼도록 놔두었다.

놔둔다는 것, 가만히 내버려 둔다는 것, 어쩌면 가까운 사
이에 가장 필요한 이 단어들.

"언니 나 쓸모없이 늙어갈까 봐 두려워. 몸이 얼굴이 늙어
가는 것도 두려워. 내 곁의 사람들에게 폐만 끼치고 없혀사
는 사람이 될까 봐 두려워."

한참을 그렇게 흐느낀 다음에 S가 입을 열었다. 용모가 어
여쁜 사람들에게 내리는 가장 큰 형벌은 아마도 늙어감일 것
이다. 이런 면에서 인생은 공평할지 모른다. 그 혹은 그녀들

이 젊은 시절 아름다움을 구가하면 할수록 그들의 노쇠는 두드러지게 된다. 늙어감이 공평한 또 하나의 이유는 그때야 인간의 내면이 밖으로 배어 나오기 때문이리라. 최소한 50 혹은 60 이후의 얼굴은 성형이 아니라 내면이 결정한다. 그리고 그 내면이 밖으로 나오기까지의 시간은 결코 짧지 않다. 그것은 오랜 시간이 걸리는 일이다. 아름다운 노년을 맞고 싶다면 그러므로 내면을 가꾸어야 한다. 50이 넘은 후의 사람은 진심 자신의 얼굴에 책임을 져야 하는 것이다.

나는 S를 완전히 이해할 수 있었다. 여기서 신기하게도 S가 경계하고 있는 상대는 남편의 첫사랑, 심지어 자신보다 서너 살 위인 여자였다. 그나마 다행이었다고 할까. 그 상대녀가(진짜 남편이 바람을 피우는가에 대한 것은 정말로 별도로 한다) 어린 여자였다면 S는 자기 자신을 돌아보기보다 성형외과로 갔을 수도 있다. 할리우드 배우 데미 무어는 연하의 남자를 만나면서 전신 성형도 했다지만 연하의 남자를 만나면서 죽도록 살을 빼는 친구도 본 적이 있다.

한때 11살 어린 남자에게 데이트 신청을 받은 일이 있었다. 오래된 이야기이다. 11살이라는 나이가 어마어마했지만 그도 나도 중년으로 들어가는 나이였고 우리는 서로 많은 호감을 가지고 있었다. 어느 날 그가 아주 어린 여성과 함께 다정히 이야기하는 것을 보게 된 적이 있었다. 그 순간 나는 결심했다. 더 정이 들어버리기 전에 여기서 그만 관계를 친구로 정리해야겠다고.

자세한 이야기를 더 하기는 어렵지만, 이유는 그랬다. 그가 다정히 이야기하는 여성은 그보다 서너 살 어린 여자였다. 나랑은 나이가 15, 6세 차이가 나는 사람, 어떤 의미에서 그와 잘 어울리는 상대였다. 문제는 나였다. 나는 그때까지 나이를 먹는 것에 대해 단 한 번도 저항감을 가진 적이 없었다. 아니 오히려 나는 내가 나이 들어가는 것이 좋았다. 나의 젊음, 피투성이 젊음이 버거웠고 어서 나이가 들어 할머니가 되면 이 모든 것에서 놓여날 수 있지 않을까 하는 막연한 망상도 있었는지 모르겠다.

그런데 그와 만나면서 나는 늘 나의 나이를 의식했다. 내가 그를 조금 더 사랑했다면 나는 어쩌면 나를, 나의 나이 먹음을 싫어하게 되었을 수도 있다. 그 순간 그게 생각이 났던 거였다. 나는 내가 나이 먹어가는 것을 싫어하고 싶지 않았다. 그리고 내가 그와 더 만나고 그와 더 깊은 관계에 이른다면

244

나는 나 자신을 부정하게 될지도 모른다는 생각이 들었다. 그 순간 나는 나의 모든 이기심을 다하여 그와 결별했다. 지금 생각해도 잘한 것 같았다. 그와는 지금도 친하고 좋은 선후배로 지내고 있으니까. 아마 그 순간 나에게 잠시 집착하며 힘들어했던 그도 지금쯤은 그런 나를 고마워하고 있다고 나는 확신한다.

S는 날씬했고 긴 머리는 숱도 많았다. S는 여전히 아름다웠다. 누가 봐도 50이 넘었다고 믿기지 않을 외모였다. 그런데 S는 운다.

"언니 나는 내가 늙어가는 게 두려워."

인간 모두에게 공평하게 내리는 늙음과 죽음이 두렵다면 그것은 불행한 일이다. 남편이 바람을 피우고 안 피우고의 문제가 아니었을 수도 있다. 문제는 S의 자존감 상실이었을 수도 있었다. 나는 천천히 그녀와 이야기를 시작했다.

◀

이 세상에는
내가 할 수 있는 것과
할 수 없는 것이 있어

▶

처음 의심을 시작한 것은 6개월 전이라고 했다. S는 담담하게 이야기를 시작했다. 첫사랑이었던 남편 고향의 그녀는 S도 한 번인가 인사를 나누었던 사이. 알고 보니 그 첫사랑 그녀가 이혼을 하고 거처를 서울로 옮겨온 것이 6개월 전이라는 것도 S의 불안에 기름을 부은 것 같았다. S의 남편은 워낙 사람이 자상하고 친절해서 친구들도 많았다. 신혼 이후 계속된 유학 시절에는 워낙 인간관계가 좁아지다 보니까 몰랐던 것이, 귀국한 이후에 남편의 성향이 도드라졌을 뿐이었다. 실제로 S 자신도 남편의 그 점이 좋아 결혼을 결심한 것이었다. 무뚝뚝하고 말 없는 친정아버지 곁에서 평생을 애정 결핍으로 괴로워했던 어머니처럼 되지 말자고 생각했던 모양이었다. 그런데 막상 그 친절함과 자상함이 외부의 여성들을 향한다고 생각하자 S는 귀국한 이후 내내 불안에 떨었나 보다.

누군가가 결혼을 앞둔 자신의 딸아이에게 농담처럼 말했다고 했다.

"바람 절대 안 피울 남자를 가르쳐줄게. 키 작고 뚱뚱하고 얼굴이 곰보이며 크고 몸에서 심하게 냄새나고 승질(성질이 아니라 승질) 더럽고 이야기를 시작하면 버럭버럭 화를 내는 그런 남자를 택하면 돼."

그러자 곁에 있던 다른 친구가 말했다.

"나, 그런 남자가 바람피우는 것 봤어. 우리 모두 깜짝 놀랐는데 심지어 그 남자 바람피우는 동안 잘 씻고 방글거리며 화도 한번 안 냈대."

우리 모두 웃고 말았지만 생각해봐야 할 일이었다.

"그래서? 그렇게 의심이 들면 뒤를 한번 밟아보지 그랬어? 네가 하지 않아도 부탁하면 되잖아."

"언니 나 그런 짓 안 해."

S는 단호하게 말했다.

"물론, 그런 짓을 하면 좋지는 않지……. 그러나 그렇게 의심이 들어 6개월간 괴로워하느니 나 같으면 그런 방법을 택하겠다."

내가 말하자 S가 대답했다.

"대신 자는 동안 핸드폰을 뒤졌어. 의심이 더해졌던 것은 내가 그날 본 그 문자도 지워지고 그녀와의 사이에 어떤 톡도 문자도 남아 있지 않은 거야. 이거야말로 증거가 아닐까 언니?"

내가 대답했다.

"그냥 남편한테 직접 대놓고 물어보지 그랬어."

"물어봤어. 죽어도 아니래. 몇 번 도와주러 만난 것은 사실 이지만 절대 그런 사이 아니라고."

"그럼 됐잖아. 믿으면 되잖아."

"믿어지지가 않아."

"그럼 확인을 해봐. 거짓말일 수 있지 당연히."

"그러기엔 자존심이 너무 상해. 남편 뒤까지 밟으며 살기 싫어."

나의 한숨이 길어졌다. 이럴 때는 문제를 전혀 다른 곳에서 접근해봐야 했지만, 힘이 들었다.

뭐 새삼스러운 것도 아니지만 어떤 여성에게 혹독하게 당한 적이 있었다. 하도 혹독하게 당한 터라 나의 충격은 컸고 예전 버릇처럼 내게 무엇이 잘못되었던가를 찾았다. 지금 돌아보면 절대로 나와는 어울릴 수 없는 사람이었는데 그녀가 집요하게 나에게 접근해오면서 나는 그만 마음을 주어버리고 말아 둘도 없는 친구가 되었다. 세월이 흐른 다음 나중에 알고 보니 내가 털어놓은 내 신상의 이야기를 제멋대로 각색해서 온 세상에 퍼뜨리고 다니는 역할을 한 사람이었다. 나 같은 여자 너무 싫다고 사귈수록 정이 떨어진다는 악담도 하고 다닌 모양이었다.

충격을 추스르는 중에 어떤 현명하신 선배를 만나 하소연을 하게 되었다. 내 이야기를 듣던 선배는 한참을 침묵하더니 문득 물었다.

"네가 그녀와 친해지게 될 때 너는 어떤 상태였지?"

짧은 물음이었는데 정신이 확 들었다.

그녀가 내게 접근할 무렵 나는 인생의 가장 힘든 시간을 보내고 있었다. 친구들은 내게 경고했었다.

"지영아, 그녀는 너랑 아주 다른 사람이야. 너에게 접근한 것은 그저 너를 이용하기 위해서였어."

설마 싶었던 것은 그녀가 내게 자신의 아픈 이야기들을 많이 털어놓았기 때문이었다. 자신의 그 아픈 이야기를 털어놓고 남을 이용하는 사람이 있었던가 싶었는데, 나중에 알고 보니 그 이야기는 보통 사람들에게 접근하는 상투적인 열쇠였다.

"그래도 내가 제일 힘들 때 나랑 술 마셔주고 내 이야기 들어주고 내 눈물을 닦아준 사람이야. 약간의 결점은 누구나 있는데 내가 함부로 배신하면 안 되는 사람이지."

나는 언제나 그녀를 두둔해야 했다.

"그게 무슨 뜻이죠? 그녀와 친해지게 될 때 네 인생은 어땠느냐······?"

내가 선배에게 물었다.

선배가 대답했다.

"보통 착각하곤 하는 게 말이야. 내가 어려울 때 도와줬다는 말인데, 이 경우는 원래 친구였거나 알던 사람이 내가 어려워졌을 때 도와주고 힘이 돼주었다, 라면 대개 맞아. 그러나 내가 힘들 때 갑자기 나타났다, 이러면 사람의 판단력이 흐려지는 거야. 예를 들면 사흘간 한 끼니도 못 먹고 굶었을 때 누군가가 불량 식품, 농약 범벅인 식품을 주어도 우린 덥석 먹게 되어 있거든. 그러고 나서 배가 좀 불러진 후에도 그 식품을 계속 먹는다는 거야. 우리가 그리 배가 고프지 않다면 우리는 이게 몸에 좋은 건가? 유기농인가? 까다롭게 사람을 고를 수 있는데 말이야."

나는 대답을 할 수 없었다.

"그리곤 대답하지. 비난하지 말아. 그 사람 내가 사흘 굶었을 때 그거 준 사람이야. 고마워. 그걸 잊는다면 나는 나쁜 거야, 라고 말하면서 말이야, 그런데 지영아, 그게 꼭 맞는 것은 아니야. 그럼에도 불구하고 우리는 늘 고마운 것하고, 그래서 끌려다니는 것하고는 구분해야 해."

이제야 실토하자면 그녀는 나를 함부로 대했고 사람들 앞에서 나를 모욕했고 단둘이 있을 때도 무례했다. 내가 화를 낼라 치면 그녀는 내게 말하곤 했었다.

"너 니 곁에 아무도 없다고 질질 울고 있을 때 내가 너 울면 밤에 달려가 술 사주고 했던 거 잊었니?"

이 글을 쓰는 지금 다시 가슴이 아프다. 지금 같으면 단 5분도 마주 앉아 있지 않을 사람.

선배는 다시 말했었다.

"중요한 결정은 가장 편안한 상태에서 해야 해. 쫓기는 사람은 악마의 입속에라도 들어가게 되어 있는 거야."

"6개월 전이라면 네겐 어떤 시간이었니?"

내가 S에게 물었다. S가 약간 놀라는 듯하더니 천천히 기억을 더듬었다.

"1년 전에 우리 막내딸 대학 갔고 나 직장 그만둔 지 5년째이고 귀국해서 산 집 융자 다 갚았고……."

S는 여기까지 말하고 입을 다물었다. 영민한 아이이니 무언가 감이 온 것 같았다. 여러분도 감이 오시는지.

"그럼 모든 것이 내 문제라는 거야?"

S의 얼굴은 억울해보였다. 내가 천천히 고개를 저었다.

"여기에 비가 오고 서울에 비가 오지 않는다는 아주 단순한 문제도 한 가지 원인으로 이루어지는 것은 아니야. 오늘 비가 온다 했는데 오지 않아. 일기예보가 틀리는 것도 한 가지 이유만으로 이루어지는 것은 아니야. 다만 내가 말했듯이 이 세상에는 내가 할 수 있는 것과 할 수 없는 것이 있어. 이 둘을 구별하고 나면 인생은 엄청 달라져. 다시 말하지만 내가 할 수 있는 일은 나 자신을 살피고 나 자신을 변화시킬 수 있는 것 외에는 없어."

S는 입을 앙다물었다. 그리고 중얼거렸다.

"처음에 전화했을 때 언니가 물었어. 넌 어떻게 살고 싶은데? ……언니 솔직히 말하자면 나 그날 잠을 못 잤어. 왜 그 평범한 질문이 그렇게 아팠을까."

S의 커다란 눈에서 눈물이 뚝 떨어졌다. 왜 그런지 모르겠지만, 내 눈에서도 그랬다.

◀

모든 가변성,
인간의 유약함,
이 모든 것을
겸손히 인정하자는 것

▶

"잔인한 이야기지만 네가 할 수 있는 일을 생각해야 해. 네 마음속을 들여다봐. 뭐가 있는지……. 네 남편은 네가 아니야. 네 남편은 네 소유도 아니야. 아이들조차도 그래. 그런데 내 자아가 약해질수록 우리는 어쩌면 남편의 자아, 아이들의 자아까지 끌어들여 내 것에 보태려고 하는지도 몰라. 내 말 이해하겠니?"

S는, 한때 똑똑하던 그 여자들 무리 속에서도 빛났던 S는, 얼어붙은 듯 미동하지 않았다.

여름이 오면 겨울 파카는 벗어 던져야 했다. 인생에서도 마찬가지이다. 한때 나를 추위로부터 보호했던 그 파카는 여름이 오면 내게 땀띠나 곰팡이로 나를 괴롭히는 흉물로 변하게 될 것이기 때문이다. 그건 배신이 아니다.

"나는 적어도 영원까지는 아니지만 우리 남편과 나 두 사람은 서로 배신하지 않을 거다, 라는 희미한 확신 같은 것은 있었는데 그게 산산이 부서진 느낌이야."

나는 대답할 수 없었다. 나는 한때 S보다 더 어리석어서 "우리 둘" 만큼은 영원히 사랑할 거라 믿었던 사람이었으니, 내가 지금처럼만 인생에 대해 사람에 대해 이해하고 있었다면 나는 그 사람들에게 훨씬 더 너그러웠을 수도 있었을 거라는 생각을 한 것은 얼마 되지 않은 일이었다. 나조차도, 내가 한때 사랑하는 사람을 배신할 수 있으며 나조차도 심지어 그 불륜녀의 대상에 낄 가능성이 있다는 것을 안 것도 최근의 일이었다.

그런 상상들은 나를 비참하게도 했지만, 한편으로 튼튼하게도 했다. 내가 용서받아야 할 대상이 될 수 있다는 것을 깨닫고 나면 우리는 훨씬 너그러운 사람이 된다.

꽃은 모두 열매가 되려 하고
아침은 모두 저녁이 되려 한다
이 지상에 영원한 것은 없다
변화와 세월의 흐름이 있을 뿐

헤르만 헤세는 그의 시에서 이렇게 노래했다. 한때 이 시를 읽으며 가슴이 그리 아팠었다. 헤겔은 "이 세상에서 존재하는 단 하나의 영원한 진리는, 영원한 것은 없다는 단 한 가지 뿐이다"라고 했다. 이런 구절들을 읽으며 나는 이것을 받아들여야 한다고 생각했다. 그런데 막상 받아들이고 나니 그것은 생각보다 그리 끔찍하지 않았다. 아니 오히려 그 반대였을 것이다.

그리고 그 사라져가고 변화하는 것이 축복이라는 것을 안 것은 훨씬 더 최근의 일이었다. 변화하고 사라지는 것이 왜 축복이냐고 묻는 분에게 나는 말했다.

당신, 지금 눈을 들어보라. 그리고 그 풍경이 영원히 변하지도 않고 사라지지도 않는다고 상상해보라. 저 사람은 저 나이 그대로. 나는 이 나이 그대로, 이 건물은 영원히, 저 꽃도 지금 피어있는 그대로 영원히. 저 나무도 저기 그대로 영원히, 저 담배꽁초는 하수구 곁에서 영원히.

이런 말을 하면 모두 깔깔 웃으며 진저리를 친다. 그럼에도 불구하고 우리는 가끔 우리 자신과 내 욕망의 범주 안에 있는 사람들에 대해서는 우주에 존재하지 않는 "스톱"의 마법을 걸고 싶어한다.

"엄마도 가지 말고 아빠도 가지 말고 할머니고 가지 말고
다 여기 내 눈앞에 있어!"

내 안의 어린아이가 울며 떼를 쓰고 있는 것이다.

가끔 강연 때 사람들이 내게 묻는다.

"선생님, 이 세상에 진정한 사랑이란 있을까요?"

나는 대개는 대답한다.

"그걸 알면 제가 이러고 있겠어요?" 우리는 모두 함께 웃고
말지만, 나는 잠시 후 다시 질문한다.

"이 세상에 영원한 사랑이 있으면 어떻게 하실 건가요? 다
시 물을게요. 누군가는 모르겠고 당신은 영원히 한마음일 수
있나요?"

"스무 살의 너를 생각해봐. 그 나이 때 네가 생각하던 50의
너는 어떤 사람이었니? 아니 네가 나이를 먹어 50이 될 거라
고 상상이라도 해봤니? 누군가가 말했지. '십 년 전의 내가 상
상하던 내가, 오늘의 내가 전혀 아닌 것을 여러 번 반복하면
서도 우리는 오늘도 부질없이 10년 후의 계획을 세운다.'"

이것은 앞으로의 계획도 세우지 말고 막살아버리라는 이야기가 아님을 알고 계실 것이다. 이것은 10년 후 지구가 멸망하거나 핵전쟁이 일어나거나 코로나보다 더한 전염병이 지구를 휩쓸지 모르니 오늘은 먹고 마시자, 라는 이야기도 아니다. 모든 가변성, 인간의 유약함, 이 모든 것을 겸손히 인정하자는 것이다. 그것이 현실이고 현실을 그대로 인정하는 것이 겸손이다. 겸손은 "저 공지영은 삼류작가에 지나지 않는 걸요 뭘" 하고 말하는 것이 아니다. 겸손은 "저는 엄청 뛰어난 이 시대의 작가까지는 아니지만 그래도 의미 있는 작업들을 좀 한 작가입니다"라는 것이다.

겸손은 "나는 이제 직업도 없고 아이들도 떠나보내고 목에 주름이 자글자글한 50대 아줌마일 뿐이에요"라고 자기를 한껏 낮추어 말하고 스스로도 그렇게 생각하는 게 아니라 "나는 사회생활을 정리하고 이제 늙어감을 배우며 앞으로 무슨 일을 해야 할까 의미 있는 고민을 해보려고 하는 50대 여성입니다" 하는 것이 더 겸손한 말이라는 것이다. 그것이 사실이기 때문이다.

늘 하는 말이지만 오늘 행복하지 않으면 영영 행복은 없는 거다.

나는 뒤뜰로 가서 이제 막 피어나는 치자꽃을 몇 송이 꺾어 와서 S에게 내밀었다. 치자의 향을 맡은 S의 얼굴은 내가 처음 그녀를 보았던 아름다운 시절처럼 피어났다. 치자가 어울리는 아름다운 S가 행복한 얼굴로 말했다.

　"언니 너무 좋다."

　내가 이야기를 하나 시작했다.

　"지난번에 내가 왜 내일이면 안락사당하게 될 학대 유기견 데려온 일 있잖아. 처음에 우울증 걸린 것처럼 밥도 안 먹고 움직이지도 않던 그 아이, 점점 내게 마음을 열고 나랑 친해진 어느 날 그 아이를 씻기고 맛있는 거 먹이고 낮잠을 재우고 있는데 꿈이라도 꾸는 듯, 강아지가 자면서 몸을 비틀고 괴로운 신음을 토하는 거야. 몸부림도 쳤고. 놀라 강아지를 깨웠지. 아직 잠이 덜 깬 눈으로 나를 바라보는데 그 눈에 공포가 가득했어. 옛 생각을 떠올리는 꿈을 꾸었구나 싶어 너무나 가여웠어. 나는 그 강아지를 꼭 껴안아 주고 털을 쓰다듬어 주며 눈을 바라보며 말했지. '이제 괜찮아. 너는 이제 더 이상 그 악몽으로 돌아가지 않아. 행복한 거야 너는. 응?' 나는 성심을 다해 말했어. 그러나 강아지의 슬픈 눈빛은 바뀌지 않았어. 너무나 안타까웠지. 그때 우리 아들이 지나가다가 '왜 그래?' 하며 다가오더니 제가 먹던 치즈 한쪽을 주었어. 그러자 강아지의 얼굴이 확 피면서 슬픔 따위는 사라졌다는…….."

우리는 잠시 웃었다.

"치자 향기 좋지?"

내가 물었다.

"응 너무 좋아. 언니."

S가 대답했다.

"네가 누구든, 네 남편이 무엇을 하든, 설사 네 자식이 죽었다 해도 치자 향기는 참 좋아, 물론 그것을 당한 순간에는 이것조차 맡아지지 않겠지만 말이야. 그러나 네가 누구든 얼마나 외롭든, 너를 둘러싼 세계가 너를 어떻게 괴롭히려고 하든 그럼에도 불구하고 너는 행복해야 해."

내가 말하자 S가 피식 웃었다.

"어떻게 그게 가능해?"

"아프리카에서 몇십 년 전부터 아이들이 오늘도 굶어 죽어가고 있어. 이탈리아 북부에서 코로나19로 인해 노인들이 떼로 사망하면서 신문의 3분의 2가 부고로 가득 찼다고 해.

N번방의 가해자가 20만 명이나 된다고 하고 어제오늘의 일은 아니지. 그래도 사실 너는 그리 불행하지 않았어. 그런데 너는 6개월 전 남편이 이제 전과 같지 않고 바람을 피우는 징후를 발견한 순간부터 지옥으로 들어갔다고, 네 입으로 말한 거야. 무엇이 다를까?"

S는 눈을 감았다.

◀

가끔 우리는
문제를 진심으로
해결하고 싶어하지 않는지도
모른다

▶

"아마도 가까이 있어서 너는 그 사람이 너라고 생각했는지도 몰라. 그 사람이 엄연한 타인이고 성인이어서 그는 자기 자신의 애정을 결정하고 선택할 권리를 가지고 있다는 걸 잊었는지도. 남편에게만 그렇겠니? 아이들에게도 심지어 부모에게도. 그리고는 못 견디겠다는 듯 화를 내며 말하지. '내 인내심도 여기까지야. 저 사람 도대체 왜 저러는지 도저히 이해가 안 돼.'"

S가 잠시지만 피식하고 웃었다.

"그런 의미에서 남편이든 부모든 아이들이든 비밀번호 알아내서 휴대폰 뒤지고 이런 거 정말 하면 안 되는 행동이야. 그건 그 사람 화장실 있을 때 잠가놓은 문을 따고 들어가는 것보다 더한 거야."

"그건 나도 동의해 언니."

"그래 그걸 친밀감이라고 생각하는 사람들이 있어. 그건 친한 게 아니야. 서로에게 햇볕과 바람이 통하는 아름다운 거리가 없으면 두 사람은 이내 똑같이 시들어버리고 마니까."

"그건 우리 예전에도 많이 이야기했던 거잖아."

S는 잠시 멈추었다가 다시 말을 이었다.

"그러네. 내가 그 거리를 잊었어. 우리가 '아름다운 거리'라고 불렀던 그 거리."

나는 S에게 밭에서 따서 그늘에 말린 민트 잎을 우린 차를 한 잔 따라주었다.

"하지만 나는 가끔 또 생각해. 그게 나라면 말이야. 나랑 똑같은 사람이 나와 똑같은 행동을 하고 있으면 또 말할 거야. '쟤 너무 나와 똑같으니까 내가 예민해지고 짜증이 나.'"

S가 웃었다.

"그건 그래. 우리 아이들에게 내가 그랬거든."

S는 이내 한숨을 쉬었고 다시 말을 이어갔다.

"그래도 만일 그가 바람을 피운 거라면 혹은 지금도 피우고 있다면 그건 나쁜 거잖아."

나는 잠시 침묵했다.

"그 사람 나쁜 게 너하고 무슨 상관이야?"

S가 움찔하고 어깨를 가늘게 떨었다. 그녀가 그 말에 상처 받는 것이 느껴졌다.

나는 잔인하지만 여기서 더 밀어보기로 했다.

"나쁜 사람이라면 네가 목매 지옥을 살아가야 할 이유가 없잖아."

S가 너무한다는 듯이 나를 바라보았다. 그리고는 더듬거 리듯 말을 이어갔다.

"어떻게 그렇게 해? 그래도 남편이고 애 아빠고 사랑했던 사람인데."

"남편이고 애 아빠고 사랑했던 사람이면 어떤 일이 있어도 네가 이해하고 감싸주면 되잖아."

"그건 다른 문제야 언니. 그렇게는 못 해. 돌부처도 돌아앉 는다잖아."

"자 끝없는 도돌이표를 연주하지 말고 말을 정리해보자. 내가 첫날 네 전화를 받고 말했지. 너는 어떻게 살고 싶은데? 하고. 다시 그 문제야."

S가 몸을 가늘게 떨었다.

"몇 개월이나 걸렸다는 네 지옥을 정리해보자. 어느 날 너는 네 생각에 남편이 이상해. 바람을 피우는 느낌이야, 하고 느꼈어. 너는 남편에게 내 느낌이 그런데 그러냐고 물었어. 남편은 아니라고 했어. 그런데 너는 그걸 못 믿겠어. 확인을 해보려고 하지만 너는 남편을 미행할 정도의 삶을 살고 싶지 않아. 그래서 휴대폰만 가끔 뒤졌어.—그건 괜찮아—그랬는데 그녀와의 기록이 아예 없어.—한번 보았던 문자까지도—그래서 의심은 계속되고 있어. 이게 다지?"

S는 이쯤이면 여기 온 것을 후회하는지도 모르겠다는 생각을 나는 문득 했다. 가끔 우리는 문제를 진심으로 해결하고 싶어하지 않는지도 모른다. 문제가 있어야 내가 이렇게 무력한 것에, 내가 화를 내는 것에, 내가 글을 쓰지 않고 헤매는 것에 그럴듯한 이유가 생긴다고 나는 가끔 생각하곤 했다. 그럴 때 부모가 내게 가한 어린 시절의 상처는 내가 어린 시절에 당한 성추행은 나를 버리고 간 첫사랑은 나를 때려 이혼에 이르게 한 남편은, 얼마나 심리학적으로도 훌륭한 나의 피난처가 되는지!

"말이야, 만일 내가 네 남편 바람피우는지 아닌지 알아내서 만일 바람피우는 증거 네게 딱 내놓으면, 너 어떻게 할 건데?"

이제 S의 얼굴은 하얗게 질렸다.

"언니가?"

S는 비본질적인 문제로 대화를 돌리고 싶어하는 것 같았다.

"응."

내가 감정 없이 대꾸하자 S의 얼굴은 더 굳어졌다.

"언니가 어떻게 그런 일을. 심부름센터 같은 데서 해주는 모양인데, 언니 그거 불법이야. 언니가 하다가 걸리면 인터넷 실시간 검색어 돼. 하지 마 언니."

나는 물끄러미 S를 바라보았다. 한 다섯을 셀 정도의 침묵이 흘렀을까. S는 고개를 떨구고 두 손으로 얼굴을 가렸다.

"나 완전히 바보가 되었나 봐. 언니, 나 그걸 알까 봐 무서워. 나 혼자서 이제 살아갈 수입조차 없어. 일 그만둔 지 오래됐고 누가 내게 일을 시키겠어? 나는 왜 내가 어떻게 살고 싶은지를 알아내지도 못하게 된 거지?"

S는 다시 울었다.

여대 같은 곳에서 강연할 때 아니 그렇지 않더라도 제일 많이 듣는 질문은 이것이다.

"선생님, 요즘 힘들어 맞벌이하지 않으면 안 되지만 아이 낳고 아이를 위해 집에 있어야 하는 게 아닌가 고민됩니다. 어떻게 하는 게 좋을까요?"

이런 질문 말이다.

나는 대답한다.

"그것은 전적으로 개인의 선택입니다. 아니 행복한 선택이지요. 어쩔 수 없이 선택도 없이 아이를 두고 일하러 가야 하는 엄마들이 정말 많으니까요. 다만 이 행복한 선택을 고민하는 분들께는 이런 말씀을 드릴 수 있습니다. 정말 심리학적으로, 제가 페미니스트이지만 아이는 어린 시절 얼마간 엄마의 지극한 보살핌을 받는 것이 좋다는 것을요."

그러면 여학생들과 남학생들 사이에 약간 의외라는 탄성이 흘러나온다.

그러면 나는 또 말한다.

"그러나 이런 말씀도 드릴 수 있습니다. 자기 밥그릇을 책임지지 못하는 사람은 한 인간으로서 결코 독립적으로 사고할 수 없다는 것도요. 자, 논의를 정리하기로 해요. 아이를 낳고 엄마가 육아하는 게 최고 좋지요. 그런데 그때 사회적 노동을 놓아버리면 사회적으로 자기 밥그릇을 자기가 벌지 못하게 되고, 그러면 필히 종속된다는 것입니다."

이쯤 되면 청중은 싸늘히 식는다.

그러면 똑똑한 여학생, 대개는 남학생이 손을 들고 묻는다.

"선생님의 말씀은 모성으로서의 여성의 노동과 가사노동의 가치를 너무나 폄하하시는 말씀입니다. 그것은 숭고한 인류의 활동이며 엄청난 양의 노동이지요. 그것의 가치는 돈으로 따질 수가 없는 거잖아요?"

그러면 나는 대답한다.

"그것의 가치를 돈으로 환산하지 못하게 한 것은 제가 아닙니다."

나는 그들이 나를 어쩌면 냉혈한이고 어쩌면 모든 것을 돈으로만 따지는 재수 없는 기성세대라고 보고 있음도 가끔은 느낀다. 그러나 나는 말한다. 나는 그 대중들에게 달콤한 말만 해서 아부할 생각은 없다.

"젊은 여러분들 열정 페이는 그렇게 반대하면서 왜 여성의 모성을 핑계로 한 열정 페이는 용인하나요? 숭고한 가치라고 자본가들이 말할 때 그것의 위선과 허위를 그렇게 발견했던 사람들이 왜 여성의 노동은 폄하하나요?"

청중들 사이로 침묵이 흐른다.

"아이를 낳지 않는 것 외에는 방법이 없는 것인가요?"

똑똑한 여성이 다시 묻는 것은 약간의 침묵의 흐른 다음이다.

"어쩌면요."

다시 청중들 사이에 침묵이 흐른다.

"정부에 요구하십시오. 전업주부의 페이를 달라고."

여태까지 저 작가가 뭐래? 하는 청중의 표정에 약간의 충격 같은 것이 감지되는 것을 나는 본다.

"예, 내 아이 내가 키우니까 그에 따른—입주 도우미가 받는 비용만큼은 아니어도 거의 그에 준하는—비용을 달라고 하세요. 그런 법을 만들 사람을 국회로 보내세요. 여론을 일으키고 관료들을 압박하세요. 아이 때문에 실직한 수당을 달라고 아이 키워놓고 다시 재취업할 때 가산점을 달라고, 그도 아니면 돌봄 복지를 확대하고 아이 키우는 비용을 보조해 달라고 하세요. 이것도 사회적 재화의 생산입니다. 결국, 우리 아이를 키우는 일이 다시금 선거를 잘하는 문제로 돌아가네요."

나는 다시 정치적인 작가가 되어버린다. 어쩔 수 없이 말이다.

◀

성장하지 않아도 좋으니
고통 싫어요.
사양할게요

▶

나는 새벽에 일어나 미사에 가려고 집을 나섰다. 문을 열자 새벽안개가 강으로부터 마을로 오르고 있었다. 집 대문 앞에 서서 차마 차문을 열지도 못하고 나는 그 황홀하고 고요한 틈입을 숨죽이며 바라보고 서 있었다. 대기는 뜻밖에도 온화했고 어디선가 향긋한 내음이 났다. 아직 가지도 않은 미사의 은총을 이미 다 받아버린 듯했다.

언제나 아수라 같은 혼란 속에서 놀랍게도 내 마음의 평화와 고요는 이 조용한 것들과 함께 온다. 나는 차문을 열기 전 중얼거렸다.

"참 아름답다."

그러자 일본의 하이쿠 한 구절이 떠올랐다.

꽃바람(東風) 불거든 향기를 보내다오

매화꽃이여

주인이 없어도 봄을 잊지 말아다오

- 스가와라노 미치자네

나는 성당으로 가기 위해 19번 국도가 뻗어있는 섬진강 가를 달려갔다. 안개는 밤새 쌍계사 긴 계곡을 내려와 섬진강으로 스며든다.

우리는 안다. 가끔 과거가 현재의 나를 밀어붙이다 못해 미래까지 멱살을 잡는다는 것을. 그때 우리는 되돌릴 수 없는 과거의 웅덩이에 다시 빠져서 허우적거리기도 한다. 그러나 그런 순간에도 자신을 사랑하고 자신을 용서하는 것은 유용하고도 필요한 일이다. 그렇게 되어야만 우리는 마치 거센 조류를 거스르는 배처럼 끊임없이 과거로 떠밀려 가면서도 앞으로 계속 나아가는 것이다.

나는 신호등에 멈추어 서서 S에게 문자를 보냈다.

문득 『위대한 개츠비』의 한 구절이 떠오르네.

"나는 이 세계가 제복을 차려입고 있기를, 말하자면 영원히 '도

덕적인 차렷' 자세를 취하고 있기를 바랐다."

커피 내릴 수 있게 준비해놨고 성당 미사 다녀오다가 하동에서 재첩국 사가지고 돌아올게. 정원에 나가 꽃들을 보렴. 아직 너도 그렇게 예쁘니까.

전날 밤 술을 많이 마시고 S는 잠들었다. 술을 마시고도 S는 한 가지에 골몰하는 듯했다.

"언니 우리 남편 정말 바람피운 걸까?"

"아니라고 한다면서."

"그걸 믿을 수가 없어."

"그럼 미행이라도 해보지 그래?"

"나 그런 짓 안 해."

이런 도돌이표는 계속되었다.

누가 봐도 아는 어리석음의 도돌이표를 영민한 S가 반복하는 이유는 뭘까? 그것은 현실을 받아들일 수가 없어서일 것이다. 현실이란 무엇인가?

혹시 『대지』라는 소설을 아시는지. 펄 벅이라는 미국 작가의 대표작이다. 그녀는 노벨문학상을 수상했다. 나는 어린 시절 이 소설로 만든 영화를 세 번쯤 보았다. 그리고 나중에 책을 읽었는데 첫 장면이 주인공 왕룽이 결혼을 하는 날 아버지의 잔소리로 시작한다. "차는 돈이야" 그 이후로 차를 마실 때면 나는 늘 왕룽 아비의 말을 떠올렸고 펄 벅도 잊지 못했다.

그녀는 아름다웠고 영민했으며 휴머니스트였다. 베스트셀러 작가였고 민간 외교관이었다. 그녀는 한국의 고아들을 위해 우리나라에 펄 벅 재단을 세우기도 했고 지금도 남아 있다. 이런 멋진 그녀에게 아픔이 하나 있었다. 두 딸 중의 큰 아이가 자폐 혹은 지적 장애인이었던 것이다(이때는 아직 자폐의 개념조차 확립되지 않았던 것 같다).

그녀가 누군가. 동서문화의 교류자, 세계적인 작가, 아름다운 여성, 노력해서 이루어지지 않는 것이 없던 세기의 여성이었다. 그녀는 아이를 들쳐 업고 그 아이를 고치기 위해 백방으로 의사를 찾아다닌다. 많은 의사들이 어쩌면 악의로 어쩌면 선의로 아이를 고치겠다고 나섰다. 헛된 돈과 시간과 아픔이 쏟아 부어졌다. 그렇게 10년이 흐른다. 어느 날 그녀가 그 헛된 치료를 마치고 아이와 자신을 괴롭히는 데에 돈을 엄청 쓰고 돌아오는데 주치의가 아닌 한 독일인 의사가 그녀를 부른다. 그리고 차를 한잔 권하며 입을 열었다.

"존경하는 펄 벅 여사님, 저는 당신의 팬입니다. 팬으로서 가 아니라 의사로서 당신에게 진실을 말씀드립니다. 저 병은 낫는 병이 아닙니다. 저 아이는 어떤 치료와 노고를 들여도 정상인이 되지 않습니다. 당신이 노력해서 많은 것을 이루신 것을 압니다. 그러나 노력해서 되지 않는 것도 있습니다. 이것을 받아들이셔야 합니다."

그 말을 들은 젊고 아름다운 작가 펄 벅의 얼굴을 나는 상상할 수 없다. 아이가 장애인인 것도 힘겨웠지만 자신의 십 년 동안의 눈물과 노력, 아이를 괴롭힐 때마다 "그래도 이건 다 너를 위한 거야" 하며 자신을 기만했던 세월을 그녀는 어떻게 용서했을까?

나는 모르겠다. 그러나 훗날 그녀는 회상한다.

"그것은 가장 진실한 아픔이었다고."

우리는 그 똑똑하고 훌륭한 펄 벅 작가도 10년이나 어리석은 반복을 했다는 것을 듣고 겨우 위안을 얻을 뿐이다.

돌아보면 내게도 이런 순간들이 있었다. 내게도 몇 번이 있었다. 그 사실을 받아들이느니 차라리 인두로 가슴을 지지는 편을 택할 수 있었다면 나는 그랬을지도 모른다. 그러나 그런 것조차 허용되지 않았다.

어떤 불행은 그저 받아들이느냐, 시간을 끌고 만신창이가 되어서야 받아들이느냐 하는 선택을 강요한다. 기적이라는 것이 가끔 일어나서 기적이지만, 그 기적이라는 것이 결단코 기적에 집착하는 이에게는 일어나지 않는다. 우리는 가끔 맨몸으로 저 '진실한 아픔'을 온몸으로 껴안은 채 생의 한 모퉁이를 돌아야 한다.

그러나 여기에 신비가 숨어 있다. 우리가 일단 저 아픔을 껴안고 생의 모퉁이를 돌려고 마음먹고 나면 또 다른 신비의 커튼이 열린다는 것이다. 그것을 어떻게 표현해야 할까?

가끔 인터뷰 때 나는 말하곤 한다.

"이런 터무니없이 느껴지는 고통이 없었다면 나는 허영기 가득하고 가장 속물이면서 거짓 지식으로 그것을 위장하고 마음속으로는 다른 고통 받는 이들을 멸시하는 가장 불쌍한 족속이 되었을 것입니다. 이것은 결코 겸손이 아닙니다. 진실입니다. 이제 저는 제 인생의 고통들에 감사하고 다시금 다가오는 고통들에 새로운 의미를 부여할 수 있습니다."

그렇다. 그렇게 밟혀보고 모욕당하고 억울함에 잠 못 이루고 하지 않았다면 나는 이 복된 고통의 축복을 맞이할 수 없었다. 이건 약속한다. 진실이니까.

그걸 노래한 사람이 또 있다.

병들어보지 않으면

병들어보지 않으면 바칠 수 없는 기도가 있다

병들어보지 않으면 믿을 수 없는 기적이 있다

병들어보지 않으면 들을 수 없는 말이 있다

병들어보지 않으면 가까이할 수 없는 성전이 있다

병들어보지 않으면 우러러볼 수 없는 얼굴이 있다

아— 병들어보지 않았으면

나는 인간이기조차 어려웠을 것이다

-코우노 스스무

나는 자주 말한다.

"진실로 고통만이, 오로지 고통만이 인간을 성장하게 합니다."

그러면 그 옛날 내가 신께 드렸던 그 질문을 후배들은 내게 한다.

"아 성장하지 않아도 좋으니 고통 싫어요. 사양할게요."

나는 한때의 나와 같았던 그들의 모습을 바라보며 속으로 가만히 웃는다. 고통은 싫다고 피하는 것도 아니고 청한다고 일부러 오는 것도 아니기 때문이다.

아니다. 가끔 고통을 피하는 척할 수는 있다. 자기기만이라는 것도 있으니까. 남편이 생활비도 주지 않고 폭력을 휘두르며 바람을 일삼아 피우던 한 선배는 그 옛날 내가 '결혼이란 무엇인가'로 헤매고 있을 때 "그래도 집안에 남자 하나 있는 것이 좋다. 큰아들이라고 생각하고 산다"라는 말로 오래도록 나를 혼돈에 빠뜨렸다. 정신과 의사들은 이런 고통에의 기피가 결국 신경증과 노이로제의 원인이 된다고 한다.

나는 이제는 안다. 고통만이. 아니 다시 말해 고통의 정직한 응시 혹은 직면만이 우리로 하여금 인생의 언덕길을 오를 연습을 하게 한다. 언덕길 올라 뭐하냐고? 혹시 1층에서 보이지 않는 것들이 2층에서는 보이는 경험을 한 적이 있으신지, 3층에 가면 더 잘 보이고 10층쯤 올라가면 더 보인다. 더 보인다는 것은 우리에게 그만큼 생각의 여유를 주고 여유는 우리를 자유롭게 한다. 어린 아기일 때 아침에 엄마와 헤어지기 싫어 한 시간을 울던 아이는 조금 더 크면 그렇게 하지 않는다. 회사에 간 엄마가 저녁에 돌아온다는 것을, 좀 늦어도 온다는 걸 아니까 하루 종일 기다리지 않아도 되는 것이다. 그 시간 동안 아이는 자기의 성장을 위한 시간을 가진다. 그걸 모르는 아기는 아침부터 운다. 저녁까지 울고 낮에도 문을 돌아보며 운다. 맘은 애타고 자기의 시간은 전혀 없다.

나는 이제 고통이 오면 생각한다.

'끙! 뭐 또 왔네. 될 수 있는 대로 빨리 지나가 주게. 뭐 그럼에도 불구하고 그게 끝나면 뭔가가 오긴 오겠군. 그러니 그래서가 아니라 그럼에도 불구하고 그걸 기다리며 기쁘게 이걸 맞이해보자.'

내가 기쁘다면 고통이 아닐 것이다. 그러나 그럼에도 불구하고 최소한 이것에 의미를 부여해보려고 애쓸 수는 있다. 실제로 정직하게 맞이한 고통이 내게 실망을 준 적은 없다. 언제나 문제는 자기 속임수, 자기기만일 것이다.

미사를 드리는 내내 나는 S를 위해 기도했다. S의 진실은 무엇일까? 아마도 그건 S 부부는 하나의 오래된 단계(다정하고 영원하고 잘 맞고 행복하고 알콩달콩한)를 지나 다음 단계로 넘어가야 한다는 것이 아닐까? 마치 아이에게 사춘기가 찾아오면 아이는 이제까지 어머니에게 품었던 달콤하고 의지하는 마음 대신 엄마의 단점을 발견하고 그것에 불만을 품게되는 것과 같을 수도 있다. 늘상 하던 "예"라는 말을 거두고 "아니오" 혹은 "싫어요" 할 수 있다는 것이다. 그것은 엄마의 입장에서는 갈등일 수 있지만, 아이의 입장에서는 성장이다. 이런 비유밖에 할 수 없는 것은 그에 마땅한 단어가 없기 때문이다.

사랑을 끝내기 위해서가 아니라 사랑을 이어가기 위해서 우리는 현실을 직시해야 한다. 그때 사랑은 함께 붙어 있는 것만을 의미하지는 않는다. 우리는, 이제 성숙해지려는 우리는 떨어져서도 사랑할 수 있어야 한다.

내가 가장 긍정했던 사랑의 정의는 이것이었다.

사랑이란 상대방의 성장을 위하여 자신을 내어주려는 의지입니다.

그리고 내가 가장 사랑한 사랑의 정의는 아마도 릴케가 말한 것이었다.

사랑한다는 것 또한 좋은 것입니다. 사랑은 어렵기 때문입니다. 인간이 인간을 사랑한다는 것, 이것은 어쩌면 우리에게 가해진 가장 어려운 일입니다. 궁극의 것이자 최후의 시련이며 시험으로서, 다른 모든 일은 단지 사랑을 위한 준비 작업에 지나지 않을 것입니다. 그러므로 모든 일에서 초보자인 젊은 사람들은 아직 사랑을 할 수가 없습니다. 그들은 그것을 배우지 않으면 안 됩니다. 온 존재를 걸고, 그들의 고독하고 불안하며 위를 향하여 맥박 치는 심장의 주위에 집중된 모든 힘을 다하여 그들은 사랑하는 것을 배우지 않으면 안 됩니다.

(…)

사랑한다는 것은 개개인에게 있어서 성숙하려는, 자신의 내부에서 무엇이 되려는, 세계가 되려는 숭고한 동기입니다. 개개인에 대한 크고 엄청난 요구입니다. 한 개인을 선택하여 광대한 것으로 초빙해 가는 그 무엇입니다.

그리고 나의 정의는 이것이다.

"사랑이란 홀로 있기를 가장 행복해하는 사람이 자신의 일부를 다른 이를 위해 내어주는 것이다. 함께 성장하기 위하여."

어떤 신부님께서 질문하셨다.

"사랑의 반대말이 무엇인지 아십니까?"

나는 선뜻 대답할 수 없었다.

"사랑의 반대말은 미워하는 것도 아니고 무관심한 것도 아니고 '이용한다'입니다."

가슴이 쿵 하고 내려앉았다. 사랑의 이름으로 행해졌고 행해지고 행해질 수많은 악들이 떠올랐다.

"외로워서, 욕정을 풀기 위해, 돈이 없으니까, 먹고살기 어려워서, 남이 얕보니까, 집안일을 위해, 허전하니까, 내가 너를 사랑하니까…… 네가 필요해."

혹시 우리는 이래왔던 것은 아닐까?

우리가 그 사랑을 믿어 의심치 않는 부모마저 가끔 그 자식에게 "네가 가면 나는 어쩌란 말이냐. 나는 아프기까지 하단다" 하며 아이를 잡아둔다. 그들의 관심은 아이의 성장, 자신의 성장, 서로의 성장이 아니다. 그들의 관심은 스스로의 이기적인 감각이다. 그 신부님이 다시 말씀하셨다.

"설사 내가 이렇게 아프더라도, 설사 내가 이렇게 손해를 보더라도, 네가 성장하는 길이라면 그것을 응원해."

이런 말을 하는 사람이 있다면 진실한 사랑에 도달한다고.

물론 이 말에서 주의할 점이 있다. 사랑은 강한 사람이 한다. 사랑과 희생은 어머니가 아기에게 하는 것이다. 건장한 청년이 할머니를 구하다가 사고를 당하며 하는 것이다.

오빠를 위해 네가 공부를 그만두고 돈을 벌어와라, 는 진정한 사랑의 희생이 아니다. 내가 바쁘니까 당신이 회사를 그만두고 집에 있어, 라는 것도 꼭 사랑은 아니다. 어머니가 기찻길에서 위험에 처하자 아이를 두고 혼자 살아나와 "그 아이가 나를 위해 숭고한 희생을 치렀다"라고 말하는 것을 본 일은 없지 않은가. 약한 자가 희생한다는 것은 그저 희생물이 되는 것뿐이다. 전쟁이 났으니 네가 위안부로 끌려가야겠다, 가 전혀 사랑과 무관한 것처럼.

그렇다. 그렇다. 그것은 강요이고 그것은 세뇌이며 그것은 폭력일 뿐이다.

사랑의 희생은 전적으로 자발적으로, 전적으로 더 강한 사람이 하는 것이다. 사랑의 정점에 전지전능한 신이 있다는 것이 그래서 당연할지도 모른다.

사랑은 아픔을 허락하는 것이다, 라는 말을 이해했던 것은 내가 엄마가 되고 난 이후였다.

◀

우리가 정말
두려워해야 하는 것은

▶

하루에 열두어 가지쯤 일을 하는 것 같다. 그중의 몇은 생존에 필요하고 또 몇은 이제 막 중요한 시기를 맞이한 아이의 일, 그 나머지는 내 저술에 관한 것이다. 요즘은 여기에 정원일까지 더해져 실제로 나는 많이 바쁘다. 어느 하나를 좀 놓으려 해도 놓을 것을 도무지 찾지 못해 하루 종일 발을 동동 구르며 산다. 그런데 시간을 보니 이런 때에 다시 봉사의 시간이 다가와 내일은 하루 종일 구치소에 들어가야 하는 날이 왔다. 한 달에 한 번 돌아오는 시간은 왜 이리 자주 오는지.

나는 대개 온 힘을 기울여 집안일을 해놓고 길을 떠났다. 예수의 십자가를 억지로 진 키레네 사람 시몬처럼, 생각해보면 가끔은 억지로 한 일이 내 영혼에 큰 열매를 가져다주었다. 억지로? 물론 사랑의 동기가 깃든 억지로!

나는 그들을 위해 내 시간을 억지로라도 내고 그들을 위해 약간의 희생을 한다. 누가 내게 강요한 것이 아니고 내가 원한 일이며 현재는 어쨌든 내가 그들보다 강하기에 나는 그들을 사랑하고 있는 것이 맞다.

그런데 아뿔사, 코로나로 인해 구치소의 문은 닫힌 지 오래였다. 나는 약간의 한가함과 약간의 근심을 함께 느꼈다.

억지로…… 한다……

내게 고통이 다가왔기 때문에 소금 가마니 위에 헐벗은 채 누워있는 형벌을 받기라도 하는 것처럼 하루도 쓰리지 않은 날이 없었기에 나는 기필코 해답을 찾아야 했다. 나는 누구고, 나는 왜 고통을 당하고 있으며 이것을 없앨 방법이란 없는 것인지, 격렬하게 느껴지던 그 아픔들이 나를 몰아쳤다. 그것도 억지로라면 억지로였을지도 모른다.

건반 위를 미끄러지듯 달리며 건반으로 시를 쓰는 피아니스트가 되기 위해서는 억지로 단조로운 건반만을 울리는 수많은 밤이 있어야 한다. 자유로운 몸의 아름다움으로 춤을 추기 위해 자로 잰 듯한 동작을 억지로 익히는 무용수들도 있다. 연습하지 않으면 자유가 없다는 말이다. 진정으로 자유롭기 위해 진정으로 얽매일 시간은 필요하다.

말간 재첩국을 앞에 놓고 우리는 마주앉았다. 나는 안다. S의 표정으로 보아 이 문제는 아직 그녀에게 해결의 기미조차 없다.

내가 보기에 S의 문제는 결코 쉬워 보이지 않았다. 남편이 바람을 피우고 말고의 문제가 아니라, 그녀의 문제였다. 그녀는 너무 가진 게 많았다. 학력, 집안, 미모 그리고 경력까지 어쩌면 남편의 경력과 아이의 학벌까지.

나는 안다. 가진 것이 많은 사람은 무겁다. 버겁고 굼뜨며 변화에 대처하지 못한다. 빙하기가 닥쳐왔을 때 그 거대한 지배자 공룡은 자신의 크기 때문에 멸종했다는 설도 있다. 상대적으로 몸집이 작고 소수였던 포유류들은 그 작은 몸집 때문에 살아 있을 수 있었던 것이라고.

여러 가지 이유로 나는 주변에 많은 걸 가진 이들을 안다. 이중에서 진정 평화와 행복을 누리는 사람은 없다. 결단코 단 한 사람도 없다. 내가 보기에 저 정도 가졌으면 기쁘고 행복하기만 한 삶을 가지고 남과 나누며 살아도 될 법한데 신기하게도 그들은 그러지 않는다, 그렇다고 가지지 못한 친구들 중에 그런 사람들이 있던가? 그렇지도 않다. 가지고 가지지 않고 그러니까 마음이 가난한 것은 소유한 재화의 양이 문제가 아니다. 그 집착의 정도가 문제일 뿐.

그러나 소위 이 가난한 부류들 속에서는 가끔 행복한 사람들이 있다. 그야말로 '속이 편한' 사람들. 어려운 말로 약간의 평화에 도달한 사람들. 한 송이 꽃에 기뻐하는 사람들, 매년 오는 봄바람에 감사하는 사람들. 산을 오르다가 쓰러진 나무가 겨우 숨을 쉬며 그래도 벚꽃을 피워내는 걸 보고 눈물을 글썽이는 사람들. 길을 가다가 말라버린 논두렁에서 죽어가는 올챙이들을 발견하고 집에서 삽을 가져다가 물꼬를 터주는 사람들. 그리고 저녁이 되면 한잔의 막걸리에 세상을 다 가진 듯 행복해하는 사람들.

앞에 내가 만났던 H와 J는 거꾸로 적게 가졌기 때문에 몸을 재빠르게 변화시킬 수 있었다. 그러나 S는 가진 게 많았다. 그것이 무엇이든 그것은 잠시 내게 머무는 것일 뿐 결코 내 것이 아니니 그것이 내 것이라는 집착을 버리는 작업부터 해야 하는데 쉽지 않았을 것이다.

내 친구 어머니는 금슬이 그렇게 좋으셨다. 남편은 교수였는데 아내를 너무나 사랑하여 그녀는 남편의 보살핌 속에서 거의 아무것도 하지 않아도 되는 드문 인생을 사셨다. 한때 나는 그 어머니를 바라보며 '하느님 저분은 참 좋겠어요. 그런데 제게는 왜 이러시는 것이지요?' 하고 기도 중에 물어본 적도 있었다. 그런데 급작스러운 사고로 남편이 돌아가셨다. 그리고 다음 10년이 지나고 나서 어머니는 치매로 요양원에 입원하시고 말았다. 어머니는 아무것도 할 수 없었고 인생의 황금기는 젊음과 더불어 사라져버리고 말자 그만 삶을 놓아버리신 것이었다.

거꾸로 내 선배의 어머니는 평생 병약하셨다. 남편과는 하루도 싸우지 않고 지나가는 일이 없었다. 그런데 60대 중반의 어느 날 그토록 사이 나쁘던 남편이 돌아가시자 그때서부터 전혀 아프지도 않고 인생의 전성기를 구가하며 사신다. 90대 중반이 되신 지금도 봄이 오면 산에 들에 쑥을 캐다가 떡을 지으시고 이웃에 봉사도 하시며 즐겁게 하루하루를 살고 계신다.

가끔 생각한다. 행운이란 무엇일까? 행복이란 무엇일까?

한 가지 깨달은 것이 있다면 젊은 시절, 하루라도 젊은 시절의 고난과 고통은 덕이 된다는 것이다. 나이 들어 겪는 고통은 힘겹다. 실제로 고난과 고통을 이겨내서 성장의 동력으로 만들어내는 데에는 체력도 필요하기 때문이 아닐까?

오늘 당신은 당신의 인생에서 가장 젊다. 그러므로 오늘의 고통은 당신에게 유익하다. 이 말을 믿는다면 그때부터 기승을 부리던 고통은 약간 누그러지게 될 것이다. 인생을 믿으시기를.

"원래 내일은 구치소에 가는 날이네. 코로나 때문에 몇 달째 못 가고 있는데 한 달에 한 번 거기 다니다 보면 세월이 쏜살같고 인생이 많이 허망하게 느껴져. 한 달이 열두 개가 모이면 1년. 그리고 그게 열 번이면 10년. 세월이 참 덧없지. 어제 우리 선배는 산에 오르다가 500년 된 나무를 보고 물었대. 세월이 참 빠르죠 잉."

밥을 먹던 S가 배시시 웃었다. 그리고는 나를 바라보며 물었다.

"구치소에 매달 가는 거 좋아?"

나는 잠시 대답할 수가 없었다.

"좋냐고 물어보면 뭐라고 대답하기는 힘들어. 구치소에 갈 날짜가 다가오면 제일 먼저 드는 생각은 한 달이 이렇게 빠르게 지나가는구나, 가 더 솔직할 거야. 그러나 최소한 구치소를 나올 때 후회해본 적은 거의 없어. 14년째가 되어가는 이때까지 말이야."

"언니는 종교가 있으니 그런가 보네."

나는 S를 바라보았다.

"그럴 수도 있지. 사형수들을 면회한다는 것은 큰 변화를 내게 준 것 같아. 가진 것이라고는 목숨뿐인 사람들인데, 그것마저 언제 어떻게 될지 모르는 사람들. 세상의 손가락질을 받고 이미 법적으로 죽은 사람들……. 그런데 그들이 나를 구했어. 나는 그들을 만나면서 알게 되었어. 사람에게 받은 상처는 사랑을 받음으로서도 해결되겠지만 사랑함으로써도 치유된다는 것을. 마더 테레사 성녀가 말했지, 인도에서 봉사는 무슨 의미입니까 하니까 예, 한 덩이의 빵, 한마디의 따스한 말, 한 번의 부드러운 보살핌의 손길로 생을 완전히 행복하게 기억하는 이들이 있습니다. 가난하고 가난한 이들이지요. 이들에 비하면 서구 사회의 불행은 감히 손을 댈 수 없을 정도로 복잡합니다."

"그건 그렇겠네."

"내가 사형수들에게 간 것은 전적으로 우연이었어. 그러나 나는 엄청난 행운을 누리게 된 거지. 그들은 정말 가난했기에 한 번의 방문, 한 장의 편지, 한 덩이의 빵으로 감사를 표시해주었어. 그들에게 봉사를 베풀면서—나누면서 라는 말이 더 정확할 거야—인간은 무엇으로 사는가 하는 생각을 했어, 아무것도 소유하지 못한 그들이 나의 엄청난 소유를 깨닫게 했어."

"이론적으로는 가능한데 실제로 좀 복잡할 일이야."

S는 많이 배운 여자답게 말했다. 나도 모르게 웃음이 터졌다. 웃는 나를 보고 S가 의아하다는 표정을 지었다.

"미안해 웃어서. 음 거꾸로일 수도 있어. 이론으로는 되게 복잡한데 실제로는 의외로 단순한 것 말이야."

나는 말을 이었다.

"사형수들을 모델로 쓴 소설『우리들의 행복한 시간』이 영화화되려고 했을 때 남자 주인공을 맡은 강동원 배우를 만나게 되었어. 더 말하지 않겠지만 이 세상에서 내가 본 중에 제일 잘생긴 사람이야."

S가 반짝하고 즐거운 호기심의 눈을 떴다.

"잘 모르긴 하는데 강동원 씨가 부유하고 유복하게 자란 거 같더라고. 대체 누가 사형수들의 생애를 이해하겠니. 거의가 고아, 한부모 가정에서 자란 사람들이었으니까. 태어날 때부터 그늘에 있었던 그들에 대해 나는 몇 번을 설명했어, 평생을 하수구에서 살던 사람이 어느 날 지상으로 올라와 세상을 처음 보았다고 생각해보세요. 뭐 이런 비유를 들어서 말이야. 네다섯 번 만났지. 그러다가 어느 날 내가 말했어.

'그러지 말고 구치소의 허가를 받아 한번 그들을 만나시지요. 그냥 그들을 보세요. 그러면 느낌이 올 거예요.'

그리하여 일주일 후 드디어 아름다운 이나영 씨와 강동원 씨가 그리고 감독이 구치소에 들어왔지. 그날 이나영 씨는 내가 처음 구치소에 간 날처럼 울었어. 그리고 그들은 다시는 내게 어떤 느낌이어야 하느냐 묻지 않았어.

네가 묻는다면 나는 대답할 것 같아. 머리로 말고 그냥 몸으로 가봐. 이상하면 그만두면 되잖아. 그러나 일단 가봐. 가서 나누어봐. 가난한 사람들에게 그게 무엇이든 네가 가진 것을 나누어봐."

S는 골똘히 생각에 잠겨 내 말을 듣고 있었다.

"나는 가끔은 노숙인들을 위한 봉사도 나갔어, 봉사라는 것이 나눈다는 것이 나를 치유하는 맛이랄까 그런 걸 알아버린 무렵이야. 겨울밤, 우리는 뜨거운 물을 보온병에 넣고 지하도를 돌아다니며 그들에게 물을 나누어주었어. 손이 많이 모자랐지. 우리가 여자이기에 위험할 수도 있었고, 그래서 노숙인 중에 자원봉사자를 모집했고 그들의 도움을 받았어. 신기하게도 그때 자원봉사에 참여해 물을 나누어주었던 그분들은 모두 거기를 떠났어. 그들은 더 이상 여기에서 이런 생활을 해서는 안 된다는 것을 주면서 알게 되었다는 거야. 이상하지? 준다는 것의 신기함을 나는 그때 깨닫게 된 거야.

그리하여 외로운 사람에게 자신 있게 말하게 되었으니까. 외롭다고? 거기에 가. 너의 손을 필요로 하는 사람이 많이 있어. 대가에 대한 희망이 도무지 없이 주고 또 주다 보면 너는 알게 될 거야. 사람은 진정 어떤 때 행복해지는지. 사람은 무엇으로 만들어졌는지. 남편이나 자식에게는 대가 없이 주고 또 줄 수가 없어. 이 말 이상하다고? 아니 이게 진실이야. 오로지 모르는 사람에게만, 그리고 철저하게 가난한 사람에게만 대가 없이 줄 수 있어."

S의 얼굴이 진지하게 변했다.

"네가 당장 굶을 일이 없다면 그리로 가. 여러 군데 이력서를 내놓고 직업도 구해. 돈을 벌라는 말이야. 나이 들고 경력도 단절된 사람이니 젊은 시절과 같이 좋은 직업을 얻지는 못하겠지. 그러나 그게 설사 슈퍼의 캐셔 일이라도 나는 네게 경제활동을 권해. 그리고 또 하나를 강력하게 권해. 봉사활동."

그녀에게 이렇게 말하면서 글 쓰는 일과 봉사 중 내가 무엇을 더 오래 하게 될까 나는 문득 생각했다. 물론 생각은 여러 가지로 뭉게뭉게 피어올랐다. 그러나 나는 멈추기로 했다. 오직 오늘뿐, 오직 지금뿐, 나는 내일의 일에 대해서는 이제까지와 마찬가지로 나는 그저 모를 뿐이라는 걸 다시 상기했다. 다만 감사하고 경탄할 준비만 하고 있으면 되리라. 내일은 내일의 해가 뜰 테니까.

그러나 내게 이 봉사가 주어졌던 것에 대해서는 아직도 감사할 뿐이다. 이 봉사로 인해 나는 외로움을 잊어버렸고, 인간이 남에게 줄 때 받는 것이 얼마나 많은 줄을 진정 알게 되었으니까. 그것은 사실 글로 먹고살 때는 느낄 수 없는 것들이었다.

나는 기차를 태워주러 역으로 향했다.

"마지막으로 잔소리 한번 할게. 잘 들어. 앞으로 나는 더 이상은 이 문제에 대해 네게 아무 말도 하지 않을 거야. 아침마다 샤워하기 전에 거울을 봐. 네 몸과 얼굴을 보라고. 그리고 말해, 사랑한다고 너무나 아름답다고."

곁에 앉은 S의 몸이 굳어지는 것이 차 안의 공기를 통해 전달되어왔다.

"너 예뻐. 나는 그렇게 생각해, 그런데 너는 그렇게 생각하지 않는 것 같아. 내 말 이해하니?"

S는 또 눈물을 보였다.

"여태까지 너는 네가 예쁜 걸 알았고 얼마간 그걸 누렸고 즐겼어. 그래서 이제 그것이 거꾸로 네게 늙음과 자신 없음이라는 낙담을 가져다준 거라고 느껴져. 너는 결국 타인의 시선, 매스컴의 시선, 마론 인형의 시선으로 너 자신을 바라보고 있으니까. 네 눈이 거울을 보고 있었다 해도 그건 결코 네 눈이 아니었어.

오늘부터 네 눈으로 너를 봐. 다만 그것조차도 연습이 아니면 얻어지지 않을 거야. 나도 해봤었는데 젠장, 내 눈 가지고 내가 내 거울 보는데 내 눈을 얻기가 그렇게 힘들고 시간이 걸리더란 말이야."

S는 아무 말도 하지 않았다. 눈물이 뚝 하고 흘러내리고 있었다.

"너 자신을 아름답게 보는 연습을 하는 것과 마찬가지로 네 남편을 사랑해줘. 사랑하는 방법에는 여러 가지가 있다는 것도 알겠지. 때로는 놓아주는 것도 사랑이라는 걸, 어쩌면 놓아주는 것만이 사랑이라는 걸."

S는 더 흐느껴 울었다. 그리고 그 눈물을 몹시 부끄러워했다.

"산다는 게 말이야. 중간이 없어. 성장하느냐, 아니면 늙어 버리느냐야. 우리가 정말 두려워해야 하는 것은 나이를 먹는 게 아니라 늙어가는 거야."

역 앞에서 내려 나는 그녀를 안아주고 말했다.

"울어도 돼. 약해도 돼, 네가 괜찮지 않아도 돼……. 그럼에도 불구하고 괜찮아. 그러니까 노력은 해야지."

나는 돌아오는 길에 잠시 차를 세워놓고 프란치스코 교황의 메시지를 보내주었다.

고통은 우리가 살아 있다는 징표

강물은 제 물을 마시지 않습니다

나무는 제가 맺은 과일을 먹지 않지요

태양은 제게로 빛을 비추지 않고

꽃은 자신을 향해 향기를 흩뿌리지 않아요

타인을 위해 사는 것, 이것이 우주의 법칙입니다

우리는 서로 도우며 살도록 태어났어요

그렇게 하는 게 비록 어렵다 해도 말이지요

우리가 행복하면 삶은 멋지죠

그러나 다른 이들이 당신으로 인해 행복해지면

삶은 더 멋질 겁니다

그러니 기억해요

잎새들이 계절따라 색이 변하는 것은 아름답고

삶이 각 과정에서 변해가는 것은 의미 있는 일이죠

또한 이 둘은 확고한 비전이 필요한 일입니다

그러니 투덜거리거나 불평하는 대신 기억해요

고통은 어쩌면 우리가 살아 있다는 징표라는걸

문제가 있다는 것은 우리가 힘이 있다는 표징이고

기도할 수 있다는 것은 우리가 혼자가 아니란 이야기죠

우리가 이 진실들을 깨닫고

우리의 마음과 영혼을 다스린다면

우리의 삶은 더 의미 있고 완전히 다를 것이며

가치 있는 것이 되리라는 걸!

내가 번역했어. 좋지? S야 기도와 축복을 보낸다.

오직 오늘뿐, 오직 지금뿐,
나는 내일의 일에 대해서는
        이제까지와 마찬가지로
나는 그저 모를 뿐이라는 걸 다시 상기했다.

다만 감사하고 경탄할 준비만 하고 있으면 되리라.
        내일은 내일의 해가 뜰 테니까.

그래서가 아니라
그럼에도 불구하고

집으로 돌아온 나는 청소를 시작했다. 청소와 정원일, 혹은 농사일은 참 이상한 것이다. 그것은 끝없는 사유를 준다. 아마도 우리 인간 존재의 질료—흙에서 났으니 흙으로 돌아가라, 혹은 먼지로—를 만지는 일이라서 본원적 성찰을 준다고 나는 가끔 농담을 하곤 했다. 나는 젊은 시절에는 결코 얻지 못했던 이런 것들을 섬진강 변 시골 생활에서 흙과 먼지를 만지며 얻는다. S를 역까지 데려다 주고 19번 국도가에서 할머니가 따놓은 살구 만 원어치를 사왔다. 그만 주라고 하는데도 거의 한 양동이를 주셨다. 이걸로 잼을 만들 예정이다.

살구도 내게 본원적 성찰을 준다. 흙에서 나왔기 때문일 것이다. 타샤 튜더 할머니가 왜 행복해했는지 나는 이제 어렴풋하게 이해할 수 있다. 그것은 꼭 잼을 저으면서 셰익스피어를 읽을 수 있어서만은 아닐 것이다.

그러자 문득 현대의 영성가 토마스 머튼의 말이 떠올랐다.

우리는 어찌하여, 우리가 무엇을 바라는지 알기만 한다면 결코 되고 싶어하지 않을 어떤 것이 되려고 몸부림치며 우리의 삶을 소모하는가? 우리는 어찌하여, 우리가 하던 일을 멈추고 잘 생각해보면 알 수 있는, 우리의 창조 목적과는 반대로 가는 그런 일들을 하면서 우리의 시간을 허비하는가?

오늘 새벽 미사에서 신부님이 말씀하셨던 강론도 잇달아 떠올랐다.

"예루살렘의 성전을 부순다는 의미는 이제껏 산 대로 대충 적당히 산다는 걸 깨부순다는 의미입니다."

그때 섬진강 가 작은 성당에서는 아직 잠을 덜 깬 내 정수리 어딘가부터 무언가가 깨지는 소리가 들렸다.

언제나 그렇듯 현실의 어려움을 이겨내는 가장 좋은 방법은 있는 그대로의 현실을 어떤 선입견이나 바람이 없이 그대로 바라보는 것이다. 나는 여태까지 사람들이나 상황을 좋게만 해석하려고 애쓰며 살았다. 그러나 때때로 선의적 해석도 일을 그르치게 만든다. 이럴 때는 희망도 독이다. 악한 해석은 나의 회개라도 부르지만 선한 해석은 심지어 상대방에 대한 분노까지 정당화시킨다.

상황을 낙관적으로가 아니라 똑바로 바라본다는 것, 이것은 결코 비관을 동반하는 것은 아니다. 지젝이 말한 대로 그것은 또 다른 낙관의 대답이다.

"(정신분석학적으로 말한다면) 당신의 공허한 꿈들을 버리시오. 인생은 잔인한 것이오. 그것을 있는 그대로 받아들이시오"가 아니라, 반대로 "당신의 비탄과 신음은 거짓이오. 그것들을 가지고 당신은 조작과 착취의 현실에 아주 잘 적응하고 있을 뿐이오"라는 것이다.

다시 한번 나는 우리 세 후배들과의 만남을 생각해보았다. 맘이 좋지 않았던 것은 앞의 40대의 후배 둘의 경우 하루에 열 시간 이상 일하면서도 모두가 지치고 늘 쫓긴다는 것이다. 많이 지쳐들 보였다. 전 인류적 관점에서 보면 그들은 소위 상류층에 속하는데도 그들은 점점 더 가난했다. 나라는 점점 더 부자가 되어가는데 우리들의 마음은 점점 더 돌이킬 수 없는 가난뱅이가 되어가고 있는 것이다. 나는 문득 어린 시절 독재정권의 선생들이 우리에게 가하던 단체기합이라는 것을 떠올렸다. 운동장을 돌아 선착순으로 집합하는 것, 선착순 열 명을 빼고 나머지는 운동장을 더 돌아야 했다. 그 때 내 곁의 친구는 나를 괴롭히는 적으로 변한다. 나는 그녀보다 1초라도 빨리 도착해야 했던 것이다. 상대적 박탈감이란 영원한 지옥을 의미했다. 나는 지금이라면 학교를 그만두는 편을 택할 것 같다.

나는 그들에게 조심스레 시골행을 권했다. 총체적으로 보아 그녀들의 구체적 고민이 무엇이든지 그들은 지쳐 있었다. 나는 권했다. 삶의 패턴을 혁명적으로 전환시켜보라고. 이 상대적 비교의 삶 자체를 거부해보자고, 땅을 밟고 씨를 뿌려보며 맑은 공기를 마시며 살아보라고, 서울 변두리에서 더 변두리로 쫓겨다니지 말고 시골에 조그만 땅이라도 마련하고 망치 들고 내 집 고치며 살아보라고. 사실 초고속 인터넷과 빠른 택배 시스템으로 시골 집과 서울 집의 삶의 물질적 질은 크게 차이나지 않는다. 일자리도 생각하기 나름이다. 건강한 젊은 사람의 경우 할 일이 전혀 없는 것은 아니다.

아이들 교육 때문이라고도 말하는 사람들이 있다. 나는 아이들 교육 때문이라도 시골 생활을 권한다. 여기의 이웃들 중 많은 이들은 아이들의 대학을 아예 포기하고 귀촌했다. 그러면 초등학교 시절부터 모든 것이 어마어마하게 달라진다. 그런데 신기한 것은 그중의 대부분은 그렇게 하고도 대학에 간다는 것이다.

결국 자신의 삶을 어떻게 디자인하는지가 삶의 질을 결정한다.

저녁 무렵 작은 텃밭은 또 내게 많은 선물을 준비해주었다 오늘은 내가 심지 않은 민들레까지 수확했다. 민들레는 깨끗이 씻어 까나리액젓을 기본으로 하는 소스를 만들어 뿌리면 쌉쌀하고 맛있는 샐러드를 선사해준다.

땅을 밟으며 지내다보면 안다. 인간이 얼마나 작은지, 땅이 얼마나 위대한지, 저 작은 씨앗에 아름드리 떡갈나무가 들어 있다는 섭리는 얼마나 오묘한지.

호박을 따며 호박에게 감사하고 가지를 따며 가지에게 인사한다. 감사가 내 영혼에 이루 말할 수 없는 평화를 가져다준다.

다 완성된 살구 잼에 마지막으로 지난 초봄 냉동실에 저장한 유기농 레몬을 썰어 넣어 마무리를 한다. 그리 달지 않고 새콤한 것이 맛이 괜찮았다. 잼을 담아 라벨링하고 호박잎을 찌며 저무는 고요를 바라본다. 강은 이제 청회색의 긴 몸을 뒤척이며 별빛들을 맞을 준비를 하고 있다. 옆집에서 바비큐 냄새가 피어오르는 걸 보니 오늘이 불금이구나. 산다는 건 정말이지 낯선 여인숙에서의 하룻밤과 같다고 다시 한번 생각하게 된다. 신기한 것은 이 허무가 내 욕심을 버리게 하고 내 집착을 끊어낸다는 거다.

길지 않다. 그러므로 아끼고 사랑하며 살아내야 한다.

나는 책장의 먼지를 닦다 말고 가끔 그러하듯 걸레를 옆에 놓고 그 자리에 주저앉았다. 문득 눈에 띈 내가 좋아하는 책들을 다시 읽기 위해서이다. 이북을 싫어하지 않으나 이런 행복은 종이책만이 줄 수 있는 것이다.

사람들은 묻는다.

"여기서 혼자 외롭지 않으세요?"

그러면 나는 대답한다.

"영국의 한 출판사에서 친구란 무엇인가, 라는 제목으로 글을 공모했대요. 그때 뽑힌 작품에 이런 표현이 있다는군요.

'친구란 이 세상이 당신을 다 버렸을 때 당신을 찾아오는 사람이다.'

제게는 그런 친구가 있어요. 바로 여기 있는 이 책들, 조용한 시간의 기도들 그리고 나 자신. 그렇게 내가 나 자신의 친구가 된 이후 나는 진정으로 다른 이들과 우정을 맺을 수 있었어요. 저는 같은 말을 도돌이표로 반복하는 친구의 이야기를 더 듣지 않아요. 그들을 밀어내는 것이 아니라 내 듣기가 그들의 날개를 꺾을 수 있으니까요. 그러나 저는 힘든 친구는 도우려고 합니다. 이것이 외롭지 않은 저의 우정법입니다."

행복이란 무엇인가, 모든 불행을 살아내는 것이다.
빛이란 무엇인가, 온갖 어둠을 응시하는 것이다.

카잔차키스의 책을 뒤적이며 책장 곁에 주저앉은 내 몸에 따뜻한 전율이 일었다. 이제 이런 글을 쓰고 싶다고 나는 생각한다. 돌아보면 고통스럽다고 생각할 이유는 100가지도 넘고 행복하다고 생각할 이유도 100가지도 더 된다. 나는 그냥 그중에서 하나를 택하려고 한다. 요즈음 많이 고독했다. 내 맘에 퇴비가 쌓이고 있는 거다. 꽃은 비옥한 땅에서 핀다.

나는 안다. 사실 이 세 명의 후배들에게 해준 말은 실은 나에게 해준 말이었다는 것을. 그러나 그럼에도 불구하고 내가 더 하고 싶은 말도 있다는 것을. 그것은 누군가 나를 절벽으로 밀었는데 그때야 비로소 나는 내게 날개가 있다는 것을 알게 되었다는 것이다. 생은 기필코 우리를 절벽으로 민다. 그때 우리는 선택할 것이다. 추락할 것인지 날아오를 것인지를.

사랑하는 내 친구들 부디 행복하길, 부디 오늘 무슨 수를 써서라도 행복해지기를. 너희들의 부모가 어떤 사람이든, 너희들의 형제가 어떤 사람이든 네 과거가 어땠든 네 남편이 무엇을 하든 얼마나 슬펐고 얼마나 많이 울었고 얼마나 외로웠고 얼마나 아팠는지 간에 오늘은 이 세상에 살아 있는 행복을 만끽하기를. 우리는 행복할 권리와 의무가 있으리라. 행복하라! 오늘!

그래서가 아니라 그럼에도 불구하고

작가 후기.

서울로 올라가 짐을 싼 것은 비 젖은 여름이 가고 하늘이 문득 열리던 날이었다. 특별한 감회는 없었다. 다만 물건들을 정리하고 정리한 것들을 나누어 주면서 내가 너무나도 많은 것을 가졌을 뿐만 아니라 어쩌면 없어도 되는 것들을 가졌다는 사실을 깨달았을 뿐이었다. 그것이 비단 물질에 한한 일은 아니리라. 어쩌면 마음에는 그보다 더한 군더더기들이 쌓여 있을지도 모른다.

아주 이주하기로 결심하고 새로 장만한 섬진강 변의 집터에는 내가 묻힐 자리도 있다. 나는 아이들에게 내가 죽으면 화장을 해서 내 집터의 성모상 옆 동백나무 밑동에 묻어달라 미리 유언을 해두었다. 그 후 아이들은 쓸데없이 문자들을 자주 보내더니 내 반응이 심드렁하니 안심하는 눈치였다. 어쩌면 과거의 나는 죽었다. 매일 밤 잠들면서 이미 죽었을 테니까. 아침마다 나는 새로 태어나는 걸 테니까. 어제의 오욕을 이 맑은 아침으로 끌고 오는 것은 어리석지 싶다.

그리고 다시 돌아온 날 평사리의 아침은 여전히 그리고 찬란하게 밝아 왔다. 나는 이웃집의 밭을 빌리기로 하고 그 밭에 김장 무우 씨를 뿌리고 배추 모종을 심었다. 대파와 갓, 고수와 참나물도 심었다. 모종들은 꽃보다 어여뻤다. 날마다 나가 싹이 올라오나 살피며 물을 주는 날들이 계속되었다.

나를 괴롭히고 저주하려는 그들이 그런 짓을 못 하게 할 능력은 내게 없다. 그러나 내가 할 수 있는 일이 하나 있는데 바로 그들에게 그들이 원하는 대로 괴롭힘을 당하지 않고 힘겹더라도 내적 평화를 유지하는 것이다.

일찍이 내가 사모한 철학자 에픽테토스의 말대로 우리를 괴롭히는 것은 어떤 "일"이 아니라 그 일에 대해 우리가 가지고 있는 표상, 즉 내가 가진 이미지이다. 비난도 모욕도 가난도 어쩌면 죽음마저도 그 자체가 아니라 우리가 그 단어들에 대해 가지고 있는 공포의 양이 그것을 결정한다는 것이다.

위로를 보내주신 많은 분들, 그 진심 어린 말씀들에 홀로 울었다. 고마워서! 이제 앞으로는 평안하시라 하셨지만 이미 평안하다. 앞으로 좋은 일 많으시라 하셨지만 이미 좋은 일이 많다. 오늘이 전부일 뿐 바라는 것이 적으면 두려움도 적다.

평사리에 아침이 밝았다. 맑은 물에 발을 담그고 모닝커피를 마시며 로나 번의 책을 읽는다. 홀로 있는 시간의 힘으로 나는 삶의 작은 언덕을 넘는다.

모두들 행복하시라. 바로 오늘! 바로 지금!
한 번뿐인 당신의 생이 가고 있으니.

2020 가을 섬진을 산책하며 공지영

참고 도서.

나태주, 『풀꽃』, 지혜, 2014.09.

M. 스캇 펙, 『아직도 가야할 길』, 최미양 옮김, 율리시즈, 2011.03.

댄 알렌더, 『내 마음의 치유』, 윤종석 옮김, 규장, 2006.07.

안셀름 그륀, 『너 자신을 아프게 하지 마라』, 김선태 옮김, 성서와함께, 2017.01.

공지영, 『봉순이 언니』, 해냄, 2019.07.

라이너 마리아 릴케, 『젊은 시인에게 보내는 편지』, 송영택 옮김, 문예출판사, 2018.05.

헤르만 헤세, 『헤르만 헤세 시집』「마른 잎」, 송영택 옮김, 문예출판사, 2018.01.

이영광, 『홀림 떨림 울림』「병들어보지 않으면」, 나남, 2013.01.

제임스 마틴, 『제임스 마틴 신부, 나를 찾아 떠나다!』, 성찬성 옮김, 가톨릭출판사, 2012.07.

토마스 머튼, 『고독 속의 명상』, 장은명 옮김, 성바오로출판사, 2019.04.

＊출처나 저작권자가 불분명한 글에 대해 추후 출처나 저작권자를 출판사로 알려주시면 반영하겠습니다.

그럼에도 불구하고

공지영의 섬진 산책

초판 1쇄 발행 2020년 10월 19일 **초판 10쇄 발행** 2024년 4월 30일

지은이 공지영
펴낸이 최순영

출판1 본부장 한수미
라이프 팀
디자인 김준영
본문사진 스티브, 공지영

펴낸곳 ㈜위즈덤하우스 **출판등록** 2000년 5월 23일 제13-1071호
주소 서울특별시 마포구 양화로 19 합정오피스빌딩 17층
전화 02) 2179-5600 **홈페이지** www.wisdomhouse.co.kr

ⓒ 공지영, 2020

ISBN 979-11-91119-30-5 03810